JN311412

御曹司の婚姻

秋山みち花

幻冬舎ルチル文庫

CONTENTS ✦目次✦

御曹司の婚姻

✦カバーデザイン=高津深春(CoCo.design)
✦ブックデザイン=まるか工房

イラスト・緒田涼歌✦

御曹司の婚姻

始まりの章

都を遥《はる》か離れた北の大地――。

長い冬の間、根深い雪に閉ざされていた大地は、渡る風も爽やかな季節を迎え、緑豊かな原野と化していた。

遠くに霞《かす》んで見える山々は、藍《あい》の濃淡を染め分けたかのように重なり合っている。その山《やま》裾《すそ》には目に染《し》みるような新緑の森があった。

色とりどりの花を咲かせる野を抜けて、今まさに森に駆け入ろうとする馬影がふたつ。

前を駆ける馬は艶《つや》やかな黒鹿毛《くろかげ》。馬上にあるのはまだ十歳前後と思われる小さな身体《からだ》だった。だが、馬の扱いは極めて巧みで、あとを追う栗毛《くりげ》をまったく寄せつけない。

栗毛を走らせる大男はやや焦った様子で、黒鹿毛の主《あるじ》に向けて大声を放った。

「若！　御曹司《おんぞうし》！　そろそろお止まりを！　これ以上奥に行ってはなりません」

「なんだ、寛季《ひろすえ》？　何か言ったか？」

木立の間を器用に駆け抜けながら、黒鹿毛の馬上で子供が振り返る。

「若、この森は禁苑《きんえん》でございます。鬼の棲処《すみか》があると申す者もおりますぞ。どうか引き返してください」

「鬼だと？　莫迦《ばか》を言うな、寛季。あはは……おまえ、そんなものが怖いのか？」

水干《すいかん》姿の子供は白い歯を見せて心底おかしそうに笑った。

頭頂で結んだ髪はすっかり乱れているが、きりりと凛々《りり》しく整った貌立《かおだ》ちは貴人の血を感じさせる。白帷子《しろかたびら》に白小袖《しろこそで》、葛袴《くずばかま》と上に重ねた水干は浅縹《あさきはなだ》。空に溶け入りそうな色がよく似合い、また武家の子らしく、腰には意匠を凝らした立派な太刀《たち》を佩《は》き、背に弓と矢筒を背負っていた。

すっととおった鼻筋に形のいい眉《まゆ》。そしてくっきりと涼やかな目元。だが子供の瞳はきかん気の力強い輝きを放っている。成長した暁《あかつき》にはさぞやと思わせるものがあった。

事実、あとを追う守《も》り役《やく》の郎党《ろうとう》は、困った貌をしつつも若い主を心底誇りにしているのが見て取れる。

「若、聞き分けのないことをおっしゃるものではない」

「鬼がいるならちょうどよいわ。俺が退治してくれる。鬼王丸《きおうまる》の名、伊達《だて》ではないことを見せてやる」

「若、いい加減になさいませ。若！」

いくら止めても、主は聞く耳を持たない。

今年で十歳になったばかりの御曹司は、幼名を鬼王丸という。このあたり一帯を治める武家の頭領、藤原熙顕《ふじわらのただあき》の嫡男であった。闊達《かったつ》な鬼王丸は、幼い頃より武士《もののふ》の子としてたいそうな器量を見せ、父である熙顕をいたく喜ばせ、また北国《ほっこく》藤原一門すべての期待をその一身に背負っていた。

三年前、御曹司の守り役を仰《おお》せつかった時は、感涙にむせんだほどだ。

「おまえ、やっぱり怖いんだろ、寛季？」

「冗談ではありませんぞ、若。この寛季をなんだとお思いか？」

「ふん、わかってるさ。源《みなもとの》寛季は北国一の武士を自負していると言いたいんだろ？　寛季、臆《おく》しておらぬなら、ごちゃごちゃ言わず、黙って俺についてこい」

「はっ」

子供ながら覇気のこもった声に、守り役の寛季は自然と従わされる。

年若い主は一度言い出したら容易なことではあとに退かない。これ以上の説得は無駄だと判断した寛季は素早く頭を切り換え、馬を進めながらもあたりに怠りなく警戒の目を向けた。

万が一にも大事な御曹司の身に何かあっては取り返しがつかない。もし傷など負わせるようなことがあれば、自分の首などいくつ差し出したところで到底足りなかった。

普段、みだりに立ち入ってはならぬとされているこの森は、都の貴族が有する広大な荘《しょう》園《えん》の一部だった。しかし、管理を任されているのは他ならぬ鬼王丸の父、藤原熙顕だ。その嫡男が立ち入ったとしても、咎《とが》め立てする者などいようはずもないのだ。

この北国で藤原家の力に拮抗《きっこう》する者はない。いずれは先を行く鬼王丸がそのすべてを受け継ぐのだ。

障害物のない野原を駆けるのとはわけが違う。張り出した枝や下草に足を取られることもあるが、鬼王丸は小さな身体で大人貌負けの手綱捌《さば》きを見せ、また黒鹿毛の駿馬《しゅんめ》もよく主の意思に応えている。

寛季は惚《ほ》れ惚《ぼ》れとその様を眺めながら、主のあとを追うだけだった。

†

庭先でかさりと何かの音がする。

東の対屋《たいのや》の庇《ひさし》できちんと茵《しとね》に座していた芳宮規仁《かおるのみやのりひと》は、ふと細い首を傾《かし》げた。

童直衣《わらわのうし》に垂髪《すいはつ》姿。冬の直衣は表が固地綾《かたじあや》の白。紅《くれない》の強二藍《ふたあい》が表地の白に透けて、淡い桜色に見える。さらりと長い黒髪がその華奢《きゃしゃ》な肩から滑り落ち、人形のように整った白い貌にもこぼれた髪がひと筋かかる。

まだ七歳ながら、芳宮の生まれ持った気品と美しさは隠しようもなかった。けれどもあどけない貌にはかすかに不安の影が浮かんでいる。

何か獣《けもの》でも迷い込んできたのだろうか。

それとも、狐狸《こり》か物《もの》の怪《け》の類《たぐい》がやってきたのだろうか。

想像だけで怖くなった芳宮はぶるりと小さな身体を震わせた。

急いで下女を呼ぼうとしたが、声を発する前に思い直して嘆息する。

古ぼけた対屋にいるのは芳宮ひとり。近くに侍《はべ》る者は誰もいない。たとえ大きな声を出したところで、誰の耳にも達しないことを思い出したのだ。

都を追われ、このみすぼらしい館《やかた》に棲《す》むようになって、幾日経《た》っただろうか。

都を出たのはまだ寒い最中だった。雪で難儀しながら延々と三月近くも輿《こし》に揺られ、ようやく到着したのが、森の中の古ぼけた館だ。

都を出立した時は大勢いた随行の者が、道中でひとり減りふたり減りといなくなった。唯一残ったのが右近《うこん》という名の女官《にょかん》だ。だが右近は、芳宮と一緒に北国へと下向した母の世話をするのでいつも忙しい。

生母の清子《さやこ》は藤原大納言《だいなごん》家の姫君であったゆえ、苦しい旅で体調を崩し、今は右近がつきりで看病していた。

下女や下男の数も足りないのか、もう夏も近いというのに、庇に巡らせた蔀戸《しとみど》さえろくに上げていない状態だ。

しかし、閉じた板戸の向こうから、明らかに何かの物音がする。

ひとりきりで心細さが募ったが、忙しい右近をわざわざ呼び寄せて、庭の様子を見てこいと命じるのも気が引ける。

誰もいないなら、自分で様子を見てくるしかないだろうか。

母上が伏せっておられるのに、人手が足りないなかで、もし間違いなどあっては大変だ。

芳宮は怖いのを我慢して立ち上がった。

几帳《きちょう》を廻《まわ》り込み、御簾《みす》をくぐってそうっと渡殿《わたどの》へと向かう。

けれども、いよいよ境目の枢戸《くるるど》を開ける段になると、やはりためらいが先に立つ。

自らの手で何かの用をなすなど、これまで一度もなかった。

政変に巻き込まれたせいでこんな鄙《ひな》まで落ちてきたが、芳宮は至尊の位《くらい》に上ったとしてもおかしくない立場だった。

何故《なぜ》なら、芳宮の父は帝《みかど》の第一皇子《みこ》。東宮宣下《とうぐうせんげ》の日も近く、いずれ帝位に即《つ》くはずの方であったからだ。

しかし、すべては芳宮からみて曾祖父《そうそふ》に当たる上皇の思惑《おもわく》によって崩れ去った。父宮は異《こと》腹《はら》の弟に太子の座を奪われたのだ。

母清子の実家がこの措置を不服とし、東宮の後ろ盾となった右大臣家と争いを起こした。だが藤原大納言家が起こした騒動はあっけなく平定され、芳宮の外祖父である藤原頼尚《よりなお》も悲憤のうちに亡くなった。父宮まで吉野の寺院で出家を余儀なくされ、実家の庇護《ひご》を失った母と芳宮は他に頼る者もなく、一連の難を逃れるために北国へと落ちてきたのだ。

幼い芳宮には何故このような事態になったのか、詳しい事情など知るすべもない。ただ、御所の中でぬくぬく過ごしていた日々が激変したことだけがわかっているにすぎなかった。傍《そば》に誰もいないなら仕方がない。今はなんでも自分の手で行う必要がある。

健気《けなげ》に決意を固めた芳宮は、両開きの枢戸に手をかけ、そっと押してみた。重い板戸がきしみを立てながらほんの少し開く。僅《わず》かにできた隙間《すきま》から貌だけを覗《のぞ》かせ、芳宮は静かに庭の様子を窺《うかが》った。

渡殿の左右に見える庭はほとんど手入れがなされておらず、荒れ放題になっている。

館自体、まるで隠れ家のように森の奥深くにひっそりと建てられたものだ。周りを囲む築《つい》地《じ》もあちこちで崩れ落ち、塀としての用をなさなくなっている。荒れた庭は森の一部と化したも同然の状態だった。

ひどいのは南面《みなみおもて》の庭で、敷きつめた白砂の間から雑草が生い茂り、池もとっくに干上がっている。それに、寝殿《しんでん》も傷みが激しく使い物にならないので、芳宮は東の対屋、母は遠く離れた西の対屋と、別れて棲んでいるくらいだ。

だが、葉擦《はず》れの音を密やかに響かせながら、その荒れた庭から涼しい風が吹いてくる。頬《ほお》に感じた外気の心地よさに、芳宮は思わず深く息をついた。

今まで閉めきった室内にいたのだ。北国といえども、このところ蒸し暑さが増している。都のそれに比べればどうということもないが、風に当たるのは気持ちがよかった。おかしな物音は気のせいだったのだろうか。

庭には怪しい者の影など見当たらなかった。

葉擦れの音に加えて小鳥の囀《さえず》りがしているだけだ。下草の間からは小さな虫の音も聞こえてくる。

このまま少し外を歩いてみようか。

芳宮はふとそんなことを思いつき、とくんと心の臓を高鳴らせた。

自分の足で地面を踏みしめたのは御所の庭がせいぜいだ。こんな遠国《おんごく》まで落ち延びてきた身ではあるが、芳宮の身分では外をひとり歩きするなど考えられないことだった。

知らない世界に踏み出すのは怖い。

森と一体化してしまったこの庭には、何が潜んでいたとしてもおかしくない。ましてここは蝦夷《えみし》の土地。人ではない俘囚《ふしゅう》が棲まう地だ。恐ろしい獣だけではない。どんな化け物が現れたとしてもおかしくはなかった。

しかし、不思議なことに、感じるのは恐ろしさだけではない。

怖いけれども、もっと外を見てみたいと思う。

芳宮にとって世界はいつも限られたものだった。けれども、ここには止める者とていないのだ。ほんの少しだけなら、外の世界を覗いてみてもいいのではないだろうか。

好奇心が恐怖に勝り、芳宮は枢戸をさらに押して、するりと間をとおり抜けた。

「あ……」

渡殿に立ったと同時、思わず声を漏《も》らしてしまったのは、外気があまりにも心地よかったからだ。

母に挨拶しに行く時も、もちろんこの渡殿をとおる。しかし、右近と一緒に歩いている時に、これほどの気持ちよさを感じたことはない。

さわさわと森の木々を揺らした風が吹いてくる。

芳宮は、しっとりと湿り気を帯びた大気を胸いっぱいに吸い込んだ。鼻腔《びこう》にはどこか遠くで咲いているらしい甘い花の香りが残る。

目を細めて庭の彼方《かなた》を見ると、幾重《いくえ》にもなった葉の隙間から陽の光が降り注いでいた。

芳宮は心地よさに誘われるように、そろりと歩を進めた。渡殿の端にある妻戸《つまど》も自分の手で開けてしまえば、もう階段を下りるだけで庭に達する。

外歩きには履物《はきもの》が必要だということさえ頭になく、最初はぎこちなく、それから徐々に動きを速め、最後には踊るように庭を歩き廻った。

だが、夢中になっていた時、突然がさりと大きな物音がする。

ぎくりとすくむと、続け様に、あたりに響き渡った声があった。

「やはり出たな、鬼！　そこを動くな！　我が退治してくれる」

子供の声だ。しかし、凛《りん》と響く声には力が漲《みなぎ》っている。

驚いて振り返った瞬間、芳宮の目の前に、ぎらりと光る太刀の刃先が突きつけられた。

「ああっ！」

芳宮は恐ろしさで思わず目を瞑った。とっさに身体を退《ひ》いたはいいが、足がついてこずに、その場ですとんと転倒する。

慌てて両手をついたとたん、今度は鋭い痛みに襲われた。

何が起きたかわからなかった。

ただただ怖いだけで身動《みじろ》ぐことさえできない。

「若、いきなり何をなさる？　それは人の子ですぞ！　太刀を引かれませ」

野太い男の声に怖々《こわごわ》目を開けると、太刀を突きつけてきたのは水干を着た子供だった。後ろに恐ろしく大きくて怖い貌をした直垂《ひたたれ》に折烏帽子《おりえぼし》を被《かぶ》った男も立っている。武家の者なのか、その大男も腰に太刀を佩いていた。

「何を言う、寛季？　鬼でないなら、こいつは絶対に物の怪だ。人の子がこんなに美しいわけがなかろう」

子供は大男の忠告を一笑に付す。そして騙《だま》されるものかといった様子で、芳宮をにらみつけてきた。

「しかし、若、その者は転んで痛そうにしておりますぞ？　物の怪などではありますまい」

「何、転んで痛そうにしているだと？」

反復した子供が疑わしそうに目を眇《すが》めたとたん、芳宮は琴の糸が切れたようにほろほろと涙をこぼした。

倒れた時、掌《てのひら》に小枝が刺さってしまったらしい。ずきずきする上、じわりと血まで滲《にじ》んできている。

痛みはさほどでもなかったが、動転してしまって、どうしていいかわからなかった。

「おまえ、ほんとに人の子か？　物の怪ではないのか？」

傍若無人な子供はまだ得心がいかぬように、芳宮の貌を遠慮もなく覗き込んでくる。

「……っ」

芳宮は尻餅《しりもち》をついた体勢のままで懸命にかぶりを振った。

下賤《げせん》の者から直接話しかけられるなどありえない。じろじろと貌を見られるのも、あってはならないことだ。

今はこんな北国まで落ち延びてきた身だが、俘囚の子に脅されるなど信じられなかった。

しかし、無礼を咎めるどころか、どう行動すべきなのかもわからない。

さめざめ涙をこぼしながら肩を震わせていると、件《くだん》の子供はさらに増長し、あろうことか衣《ころも》の袖《そで》にまで触れてくる。

「おい、おまえなんで泣いてる？　おまえ、ほんとに人の子か？　我らを化かそうと思っている妖《あやか》しではないのか？」

二度、三度と衣の袖を揺すられて、芳宮は死にそうな気分を味わわされた。

こんな状況で人と接したことのない芳宮には、子供の仕草は乱暴すぎるものだった。太刀は引かれたものの怖くて仕方がない。

けれど、震えてばかりの芳宮に不審を覚えたのか、子供の物言いが急に宥《なだ》めるような調子になる。

「おい、もう泣くな。何もしないから」

だが、優しげな声とは違って、子供はさらに、芳宮が思いもつかない暴挙に出る。

「！」

遠慮もなくぎゅっと抱きかかえられ、芳宮はいっそうすくみ上がった。

直《じか》に話しかけられることでさえ信じられない事態なのに、身体に触れられるとは、もうどうしていいかわからなかった。

「おいってば……そんな、泣いてばかりじゃ、わけわかんないだろ。おまえは誰だ？　この館に棲んでいる者か？」

子供は芳宮をかかえ起こしながら、興味深そうに館の様子を眺めている。

「若、離して差し上げたほうがよろしいですぞ。そのお子は、若を怖がっておいでのご様子ゆえ」

背後からそう窘《たしな》められて、子供は思いきり貌をしかめた。

芳宮より三、四歳年上だろう。頭頂で結んだ髪も水干も乱れているが、汚い感じはない。

むしろ貌立ちなどには品があり、かなり整っているようだ。

「どういうことだ、寛季？　俺は何もしてないぞ。なのに、なんで俺を怖がるんだ？」

子供はいかにも納得がいかないように、守り役に食ってかかる。

「若、ですからそのお方はおそらく……その……」

「なんだ、寛季？　中途半端な物言いをするでないぞ。言いたいことがあるならはっきり口にしろ」

「はっ、申し訳ございません」

幼い子供に叱責《しっせき》され、守り役の武士はそれきりで黙り込む。

子供は鋭く男をにらみつけ、それから再び芳宮に向き直った。

「あっ、おまえ、血が出てるじゃないか」

頓狂《とんきょう》な声とともに、ぐいっと手が引っ張られる。

「やっ」

「嫌じゃないだろ。血が出てる。俺に見せてみろ」

強引に芳宮の手を引き寄せた子供は子細に傷の具合を観察した。

先ほど倒れた時、枯れ木の小枝が放置されたままの地面に直接手をついた。芳宮の柔らかな肌は些細《ささい》な衝撃にも耐えられず、その細い木の枝で傷ついていた。

「棘《とげ》が刺さったようだな。待ってろ、今取ってやるから」

子供はさらにがっちりと芳宮の手をつかむ。そうして棘が刺さった部分を二本の指でぎゅっと挟んだ。

「……つ……っ」

つねられた痛みで芳宮は息をのんだ。

目尻《めじり》にはまたじわりと涙が滲んでくる。早くこの場から立ち去りたいのに、手をつかまれたままでそれも果たせなかった。

この乱入者たちがどこから現れたかは知らないが、右近がそれと察して助けにきてくれないものか。

だが、右近は母にかかりきりだろう。しかも母の対屋は、ここは寝殿を挟んで正反対の場所にある。

誰の助けも得られずに、芳宮は身を震わせているしかなかった。

「さて、これで棘は取れた。あとは嘗《な》めときゃ大丈夫だろ」

子供は満足げににっと笑い、芳宮の手を口へと持っていく。

「あっ」

ぺろりと掌を嘗められて、芳宮は再び息をのんだ。

信じられない。

この身に触れただけではなく、嘗めるとは！

硬直したままの芳宮に助け船を出したのは、子供の守り役だった。

「若、なりません」

「なんだよ?　棘はちゃんと抜いてやったぞ。薬を塗るほどの傷じゃない。嘗めときゃ治る」

肩に手をかけられて、子供は貌をしかめながら男を振り返る。

「いえ、そうではなく、もうその手を離して差し上げてください」

重々しい口調に、子供は渋々といった感じで芳宮の手を離した。

ようやく自由になったものの、これで立ち去ってもよいのだろうか。

芳宮の胸に去来したのは、極めて単純な疑問だった。

無礼な振る舞いの連続だったけれど、悪意からのことではない。むしろ子供は親切にしてくれたのだ。

それに、いくら高貴の生まれであったとしても、今の芳宮は都を追われた身だ。何もかも都にいた時と同じにしろというのは無理がある。

「大変、ご無礼をつかまつりました。こちらは国司《こくし》藤原熙顕様がご嫡男、鬼王丸様。わたくしは守り役の源寛季と申します」

子供の横に並んだ男がそう言って頭を下げる。

「……………」

芳宮はただぼうっとその場に立っているしかなかった。挨拶されたはいいが、応《こた》え方がわ

からない。

けれども寛季と名乗った男のほうが、それと察して再び口を開く。

「こちらのお館にお棲まいの方がいらっしゃるとは存じ上げず、誠に申し訳ございませんでした。我らはすぐに退散いたしますので、お許しください。……さあ、若、もうまいりましょうぞ」

「なんだよ、寛季？　俺たちは別に悪いことなどしてないぞ。それに、こいつ、さっきからまともに返事もしない。声が出せないってわけでもなさそうなのに、無礼なのはこいつのほうだろう」

鬼王丸という名の子供は不満げに芳宮を指さす。

「い、いえ、若、このお方は……と、とにかく、こちらへ……引き揚げましょう」

寛季はさっと鬼王丸の手首をつかみ、強引に引っ張っていく。

鬼王丸はそれを嫌がって、いかにも腹立たしそうに寛季の手を振り払った。

「離せっ！」

「若！」

「もう黙れ！　言われずとも引き揚げるわ。あんな無礼な女童《めわらわ》など、どうでもいい」

鬼王丸は癇性《かんしょう》に吐き捨てる。

「若、あのお方が悪いわけでは……それにあのお方は……」

「そんなもの、俺は知らん。もうどうでもよいわ」

「若」

遠慮もなく言い争いを続けながら、ふたりは現れた時と同様に、すうっと木立の中へ姿を消す。ややあって聞こえてきたのは馬の嘶《いなな》きと蹄《ひづめ》の音だった。

ぼうっと立ち尽くしていた芳宮は、あたりが静かになって、ようやく安堵《あんど》の息をついた。

残ったのは、葉擦れの音と小鳥の囀り。それに小さな虫の音だけだ。森のほうへ目を転じても、もう何物の影もない。

今のはいったいなんだったのだろうか。

夢でも見ていたのだろうか。

それとも、狐狸に化かされたか……。

あやふやな気分のまま、芳宮は自分の手に視線を落とした。

掌に薄赤く残っている棘の痕《あと》。これはあの鬼王丸という子供が嘗めた跡だ。

何故か不意に身内が熱くなり、芳宮は頬を染めた。

下賤の者に肌を嘗められるなど、このうえない羞恥《しゅうち》に駆られてしまう。

芳宮はふるふるとかぶりを振った。

生まれて初めてのことが多すぎて、何をどうしていいか勝手がわからない。

その時、背後でがさりと音がして、芳宮は振り返った。

「あ、あっ……」

庭先でがばっと平伏したのは、下働きを務める小者のようだ。

額《ひたい》をひたすら地面に擦《こす》りつけ、ぶるぶると身を震わせている。

そう、それが普通の反応だ。

芳宮の姿は、直視などしてはならない。

まして、直接口をきくなどもっての他。

あの者たちは、そんなことも知らない田舎者だということだった。

一の章

「宮様、どうぞお召し替えを」

女房装束《にょうぼうしょうぞく》を着た女官の右近《うこん》が直衣を手に声をかけてくる。

几帳の奥に座していた芳宮《かおるのみや》はその装束をちらりと目にし、胸の内で小さくため息をついた。

「右近、もう皐月《さつき》も半ばだけれど、衣替えはいつするの？」

声が不満げになってしまったのは、このところ蒸し暑い日々が続いていたからだ。

「宮様、こちらは都とは違い、まだまだ涼しいぐらいでございますよ？　今しばらくは冬の装束のままでもよいかと存じます。その代わり、今日は蔀戸を全部開けさせましょう。風が入れば涼しくなるでしょうから」

四十近い右近は多少のことではたじろがない。貌色ひとつ変えずにそう言ってのける。

芳宮は胸の内で再びため息を漏らした。

卯月《うづき》になれば衣替え。そんな当たり前のことも、この館ではできないのかもしれない。けれど、我《わ》が儘《まま》は許されない。今はただ耐え忍《しの》ぶしかない身の上だった。

右近の手で順に童直衣を着せられる。上半身には肌小袖《はだこそで》と単《ひとえ》と袙《あこめ》。下には下袴《したばかま》と指貫《さしぬき》。一枚重ねるごとに暑さが増し、最後に袍《ほう》を着て、糸飾りのついた横目扇《よこめおうぎ》を持たされる頃には目眩《めまい》までしてくる有様だった。それでも芳宮はおとなしく従った。

せめて直衣ではなく動きやすい半尻《はんじり》であれば。それに髪も、垂髪のままではなく美豆良《みずら》に結ってほしいけれど、右近はすでにそわそわしている。きっと西の対屋にいる母上のことが気になって仕方ないのだろう。

芳宮の母は、都からの長旅で疲れ果て、しばらくは床《とこ》についたままだった。この頃ようやく少しは起き上がれるようになってきたところだ。

右近の話では、父宮は東宮に立てられる寸前で、無理やり出家の道を選ばされたそうだ。本来ならば父宮が帝となり、芳宮が東宮にというのが筋だったのだ。母は后《きさき》となり、いずれ太后《おおきさき》ともなるべき身分であったのに、こんな鄙まで落ちてきた。その身の上を思えば、絶望的となるのも無理はなかった。

芳宮は幼いながらもわきまえていた。

帝の血を引く皇子というだけではまともに生きていくことができない。生母の身分が低ければ、臣下にも劣る暮らしぶりを余儀なくされるのは当たり前の話。また生母の実家が没落した場合も同じだ。

父宮が無事に東宮となっていれば、芳宮には輝かしい将来が待っていたはずだ。親王宣下を受け、母の身分も今の三品《さんぼん》ではなく、もっと上の位階へと進んでいたはずだった。しかし、何もかもこれからという時になって、母と芳宮はすべてを失ったのだ。

「宮様、母上にご挨拶なさいますか?」

直衣一式を着せ終わった右近に訊《き》かれ、芳宮はこくりと頷《うなず》いた。

「それでは、ご一緒にまいりましょう」

芳宮は再び頷いて、右近に従った。

古い寝殿造りの館は渡殿も傷んでいる箇所が多かった。しかし右近はここがまるで御所であるかのように気取った様子で歩いていく。

気丈な右近がいなければ、母も芳宮もどうなっていたかわからない。

母が起居する対屋に着き、芳宮は塗籠《ぬりごめ》の内へと入った。

母は几帳の奥でまだ伏せったままだ。

けれども芳宮が挨拶に来たことを知ると、右近の助けを借りてゆるゆると半身を起こした。

「母上、お加減はいかがでございますか?」

「宮……」

嫋《たお》やかな小袿《こうちき》姿の母は芳宮の貌を見たとたん、ほろほろと声もなく泣き出した。

「……母上……どこか、お苦しいのですか? 母上……」

思わず身を乗り出して訊《たず》ねると、母は手にした檜扇《ひおうぎ》で恥じ入ったように青白い貌を隠す。

そして扇の陰からか細い声が聞こえてきた。

「なんとお労《いたわ》しい……宮はいずれ帝となられたはずのお方。それなのに、このような鄙におわすとは……。すべては我が父や兄たちに力が足りなかったゆえ。宮にこのようなご苦労をおかけしてしまい、母は悲しみに暮れるばかりです」

母が何よりも案じているのは芳宮のことだった。

「母上は、わたしのことでお心を痛めておられるのですね。わたしは大丈夫ですよ？　どこも悪いところなどありません。健やかにしております」

「宮……なんとお優しいことを……」

母はそう言って、また泣いている様子だ。

母の心痛を思い、芳宮の心もまた重くなった。

この身が北国にある限り、母は嘆き続けるのだろう。しかし、いつになったら都に戻れるのか、幼い芳宮には見当もつかなかった。

「さあ、宮様、お部屋に戻りましょう。母上にはご休息が必要ですよ」

重苦しい空気を払うように、右近が声をかけてくる。

芳宮は母に向かって一礼し、右近とともに東の対屋へと戻った。

留守にしていた間に朝餉《あさげ》の支度が整っており、右近の介添えでゆるりと食する。

食材の切り方や盛りつけ方に品がない。味付けが濃すぎる。右近はそう文句を言うが、都では口にしたことのない珍しい野菜なども膳《ぜん》に載ることがあって、芳宮はいつも残さず食していた。

朝餉を終えたあと、右近は母のところに詰めきりになる。

芳宮にとってこれから夕餉《ゆうげ》までの時間は果てしもなく長いものだった。

二条の御所にいた頃は、朝から入れ替わり立ち替わり学者がやってきた。漢書《かんじょ》を教える者、管弦や舞、歌を教える者。父宮は闊達な方であったので、武士のように弓や太刀の稽古まで、一日を忙しく過ごしたものだ。

しかし、ここには芳宮を教育する者さえいない。数少ない道具類と一緒に持ち込まれた書物。それを文台《ぶんだい》に置いて眺めるだけの日々だった。

芳宮はすでに諳《そら》んじている書をぼんやり眺めながら、十日ばかり前の出来事を思い出した。

庭先にやってきた子供……。

あの時は、驚き過ぎて声も出なかった。でも、静かで代わり映えのしない日々が続くうち、何故かあの時の子供のことばかりが頭に浮かぶ。

年上の少年は、鬼王丸《きおうまる》と呼ばれていた。

あんなに礼儀知らずで乱暴な子供には、今まで逢ったこともない。けれど、鬼王丸は芳宮の棘を取ってくれた。

芳宮は掌を上向けてじっと目を凝らした。

棘の跡はとっくに消えてしまったが、鬼王丸に嘗められた時の驚きと感触は今でも鮮烈に覚えている。

あの時、鬼王丸はずいぶん怒っていた。

本当はお礼を言いたかったのに、言葉も出なかったことが、今になって悔やまれる。

また来てくれないだろうか。

そしたら、ちゃんとお礼が言える。

それに、身分の差など気にせずに、もっと鬼王丸から話が聞けるかもしれない。

この国で鬼王丸はどんな暮らしをしているのか……何を教えられ、何をして遊ぶのか……。

でも、きっと無理だろう。

いくら耳を澄ましても、庭からそれらしい物音が聞こえてくることはない。几帳の奥から滑り出て、御簾越しに庭のほうを覗いてみても、おかしな様子は窺えない。

芳宮は胸の内でまたため息を重ねるしかなかった。

†

「さて、これで寛季《ひろすえ》も追ってはこられまい」

愛馬の背から遥か後方を振り返った鬼王丸は、まだあどけなさの残る貌に、にっと笑みを浮かべた。

馬は赤子の頃からたっぷり仕込まれている。北国一の武士との勇名を轟《とどろ》かせている父が、手ずから教え込んだのだ。物心がついた時、鬼王丸はすでに馬の操り方を身体で覚えていた。十になった今は、大人たちを相手にしても滅多に負けないところまでいっている。

しかも鬼王丸が駆る黒鹿毛の疾風《はやて》は、藤原《ふじわら》家自慢の牧《まき》で生まれた屈指の名馬だ。いずれ帝に献上すべきとの声もあったなか、当主のひと言で嫡男の鬼王丸に与えられたものだった。

目指すは鬼が棲むという森だ。

十日ほど前のこと、森の中の館にきれいな子供がいるのを見つけた。

だが、その子供というのがただ者ではなかったらしく、鬼王丸は二度と森に近づいてはならぬと言い渡されてしまったのだ。

表向きは禁苑だから入るなという理由だったが、納得などいくはずもない。

その後、密かに探り出したところによると、どうやら森に棲みついたのは、都から落ち延びてきた貴人らしいということがわかった。

しかし、貴人だろうとなんだろうと、逢うなと禁じられればよけいに逢いたくなるものだ。それに、もともと伸びやかに育てられたこともあって、鬼王丸には最初から我慢するつもりもなかった。

問題は、守り役の寛季の目をどうやって誤魔化《ごまか》すかだったが、わざと他の用事を押しつけて振り切ってきた。今頃寛季はかんかんに怒っているかもしれない。

藤原の屋敷から森まで、馬を飛ばせばほんの半刻《はんとき》ほどだ。

緑一面となった田や作付けが終わった畠《はたけ》、その間を縫う道を鬼王丸は悠々と疾風を進めた。北国の実りは豊かだ。たまには冷害や蝗《いなご》の被害に遭う年もあるらしいが、ここ数年はよい気候が続いている。それに万一飢饉《ききん》になったとしても、飢えた民《たみ》は父が必ず救済する。それというのも、藤原家にはいざという時に備えるだけの充分な財力があるからだ。金の採掘や、遥かな大海を越えた宋国《そうこく》との交易で得られる富は莫大だ。北国には貴族や寺社の荘園が多く、その管理を請け負うことでも益を得られる。良馬を産する牧もある。

そして藤原一門の武士は皆勇猛で、他国の侵入を許さない。もちろん自国内で徒党を組んで民を襲うことも許さなかった。

都にいる帝が何をしているかは知らないが、鬼王丸の父ほどうまく国内を治めている者は他にいないだろう。

そして、いつかは自分がその父の跡を継ぐのだ。

未来に想いを馳《は》せる時、鬼王丸はいつも誇らしい気持ちになる。

だが、今鬼王丸の胸にあるのは、森の館で逢ったきれいな子供のことだけだった。

あんな人形みたいな子供は今まで見たことがない。物語りに出てくるやんごとなき姫宮のようで、最初は本気で妖しだと思ったくらいだ。しかもあれが女子《おなご》ではなく男子《おのこ》だなど、信じられない話だ。

とにかく今度はちゃんと声が聞きたい。そして、できればあの館から連れ出して、この美しい野山を見せてやりたいと思っていた。

鬼王丸はもう一度、後方を振り返った。乾いた道に立つ土埃《つちぼこり》はない。寛季はなかなか手強《てごわ》い相手だが、今日は無事に逃げ出せたようだ。

にやりと会心の笑みを浮かべた鬼王丸は、目の前に迫った森へと疾風を駆け込ませた。

†

かさりと音がしたのが最初だった。

ぼんやり書物を眺めていた芳宮は、どきりと心の臓を鳴らせた。

約束どおり今日は蔀戸が開け放たれている。貌を上げて御簾の向こうを見やると、荒れた庭の先、木立の間で何か動くものがあった。

鼓動がますます高まる。

もしかして、あの子供がまた来たのだろうか。

芳宮は操られたかのように立ち上がった。

御簾の影でじっと木立に目を凝らすと、太い欅《けやき》の幹の間から、ひょっこり貌を覗かせたのはやはりあの時の子供だ。今日は守り役と一緒ではなく、たいそう立派な馬を連れていた。

水干を着た鬼王丸は館の様子を窺うようにこちらを見ている。

芳宮はなんのためらいもなく御簾の端から貌を出した。

「なんだ、いたのか……この前と違って蔀戸が開いてるのにずいぶん静かだから、いないかと思ったじゃないか」

鬼王丸はその場で馬を放し、くったくなく笑いながら近づいてくる。

芳宮はすぐにも返答したかったが、今度はなんだか胸がいっぱいになって声が出なかった。

「おまえ、名前はなんていうんだ？　俺は鬼王丸。鬼どもを統《す》べる王という意味だぞ」

縁に立つ芳宮に向かい合った鬼王丸は、気にしたふうもなく言葉を重ねた。

「鬼の王……？」

芳宮がすくむように呟《つぶや》いたとたん、鬼王丸はにこっと笑った。

「やっとしゃべったな」

「……っ」

真っ白な歯がこぼれて思わず息をのむ。こんなふうに笑う者を初めて見た。

「なんだよ。鬼が怖いのか？　それとも俺が怖いのか？」

目を丸くしていると、鬼王丸はやや不満げに貌をしかめてみせる。

粗野な振る舞いが多く驚かされてばかりだけれど、鬼王丸は決して乱暴なわけじゃない。

「ううん、違う。怖くない」

「そっか、怖くないか。なら、いいんだ」

鬼王丸は再び口元を綻《ほころ》ばせた。

芳宮はどう名乗っていいものかわからず小首を傾げた。けれども迷ったのはほんの僅かな時で、するりと本当の名を明かしてしまう。

「わたしは……規仁《のりひと》……でも、皆は芳宮と呼ぶ」

規仁は諱《いみな》。目下の者には気軽に呼ばせてはならぬ名だ。

「芳宮？」

ふと眉をひそめた鬼王丸に、芳宮はこくりと頷いた。

「それじゃ、おまえはもしかして帝に縁のある者か？」

「我が父は、今上帝《きんじょうてい》の一宮《いちのみや》であられる」

「へえ……」

この反応には芳宮のほうが驚いた。

鬼王丸は芳宮が帝の孫であるとわかっても、まったく動じた様子がない。それどころか、ひょいと身軽に高欄を飛び越えて、芳宮の隣に並んでしまう。

無礼を咎める暇さえなかった。

「寛季が何か訳ありの方らしいとか言ってたけど、おまえ帝の孫だったのか……しかし、芳宮って、なんか呼びにくいな。おまえ、なんか別の名前つけろよ」

とんでもないことを言い出す鬼王丸に、芳宮はどう返していいかもわからなかった。

「いっそのこと芳丸《かおるまる》にするか？　……いや、ちょっと待て。なんか呼びにくいな。それにおまえには芳丸なんて似合わないか。となれば、何がいいんだ」

鬼王丸は顎《あご》に指を当て、しきりに考え込んでいる。

もし、このような子供が御所にいれば、あまりの行儀の悪さに皆が仰天したことだろう。ちらりとその様を思い浮かべた芳宮は、自然と口元をゆるめた。

嫌悪など少しも感じなかった。ここは御所じゃない。都を遠く離れた北国なのだから、鬼王丸を悪く言う者もいない。

「おまえ、笑うと可愛いな」

「えっ」

鬼王丸の何気ない一言に、またとくんと心の臓が跳ね上がる。頬にもうっすらと血が上った。

「ほんとにおまえは男子なのか？　姫君なのに隠してるんじゃないのか？」

「わ、わたしは男子だ」

あまりに失礼な言葉にすかさず言い返したが、鬼王丸は疑わしそうに目を眇めただけだ。

そのままじろじろ見られて、芳宮の頬はよけいに熱くなった。

「芳宮かぁ……おまえは確かにいい匂《にお》いがしそうだ」

鬼王丸はそう言いながら、くんくんと鼻をうごめかす。

「な、何……？」

芳宮は心臓をどきどきと鳴らせながら、辛うじてそう問い返した。

近頃では香を炷《た》く余裕すらないはずなのに。何かおかしな匂いでもするのだろうか。

しかし、鬼王丸は大きく首を縦に振って腕組みをしただけだ。

「うん、芳って名前はおまえに合ってるな……だけど宮をくっつけると呼びにくい。だから、おまえのことは芳と呼ぶことにする。いいな？」

「あ、……うん」

芳宮はほっとしつつ頷いた。

右近が今の言葉を聞いたとしたら、卒倒するかもしれない。

自分を呼び捨てにするなど、あってはならないことだ。それに身分の低い者が直接話しかけるのも……。けれども鬼王丸とはすでに口をきいてしまっている。

「芳はいくつだ？」

「七歳」

「そうか、やっぱり小さいな。それで、おまえ、ここには誰と棲んでるんだ？」

「あ、母上と……」

「他に兄弟はいないのか？」

「………」

芳宮は問われるままに首を横に振った。

ひと度箍《たびたが》が外れるとあとはすべてなし崩しだ。こんなふうに親しげに口をきくものではないとの自制もなくなる。

「そうか、兄弟はいないのか。それじゃ、俺がおまえの兄者《あにじゃ》になってやろうか」

「兄上に？」

目を見開いた芳宮に、鬼王丸はまたにこっと邪気のない笑みを向ける。

「だっておまえ兄弟いないんだろ？　だから俺がおまえの兄者になってやるって」

澄んだ瞳で真っ直《ます》ぐ見つめられただけで、なんだか胸の奥がほっこりしてくる。

ひとりも兄弟がいないという言い方は正しくない。自分にも母親違いの弟や妹がいるはずだが、その子たちには一度も逢ったことがなかった。だから、鬼王丸が兄になってくれるという申し出には自然と心を動かされた。

「よし、芳。互いに名乗り合った記念に、俺がこの辺を案内してやる。おまえ、都から来たんだろ？　今までどこへ遊びに行った？」

「遊びに？　どこも……ずっとこの館にいた」

芳宮が首を横に振ると、鬼王丸は何故か怒ったように問いつめてくる。

「ずっと館にだと？　おまえ、まさかどこにも出ていないのか？」

「うん……庭に出たのも、あの時が初めて……」

素直に明かすと、鬼王丸は呆《あき》れ果てたと言わんばかりに鼻に皺《しわ》を寄せた。

「もしかして、外に出るの、止められてるのか？」

「そう、じゃないけど……」

芳宮は色々と考えつつも否定した。

右近には、外に出てはいけないと言われたことはない。

「なら、さっさと出かけようぜ。俺の馬に乗せてやるから」

鬼王丸はそう言って、さっと芳宮の手を取った。

「えっ、まさか外に行くの？」

「そうだ。こんなみすぼらしい庭で馬に乗ってどうする？　野駆けにいくんだよ」

「あ、それなら、ちょっと待って」

「なんだ？」

うるさそうに問い返されて、芳宮は慌てて言葉を続けた。

「右近が心配するといけないから、書きつけを」

「早くしろよ」

「うん」

芳宮はしっかりと頷いて、鬼王丸に背を向けた。

右近はきっと母につきっきりだろう。土地の子供と一緒に出かけるなどと言えば、止められるに決まっている。

でも、鬼王丸についていきたい。この機会を逃せば、気儘《きまま》に外に出るなど一生叶《かな》わないかもしれないのだ。

芳宮はするりと几帳の奥へと進んだ。硯箱から筆を取り上げ、手早く墨を含ませる。そうして手近な料紙に用件のみを書きつけた。

――少し外に出てくる。案内する者がいるので心配はない。

さほど時間がかからなければ、右近は自分が対屋にいないことにさえ気づかないかもしれない。

芳宮はほっと小さくため息をつき、それから急いで鬼王丸が待つ縁へと戻った。

「芳！　遅いから、気が変わったんじゃないかと心配したぞ」

いきなり呼び捨てにされて驚く間もなく、鬼王丸は焦《じ》れたように芳宮の細い手首をつかむ。油断すると逃げてしまうのではないかと思っているらしく、鬼王丸の手には強い力がこもっていた。

「大丈夫だな？　俺と行くな？」

真剣な貌で念を押され、芳宮は再びこくりと頷いた。

「でも、履物……糸鞋《しがい》がどこにあるかわからない」

指貫の裾から覗く白絹の襪《しとうず》に視線を落とすと、がっかりした気分になる。

しかし鬼王丸は、まったく頓着した様子がなかった。

「履物なんかなくても平気だろ」

「このままで外に出るの？」

「ああ、俺の馬に乗せてやる。それに危ないところは俺が負ぶってやるよ。疾風、こっちに来い」

鬼王丸は気軽にそんなことを言い、庭の隅で控えていた愛馬を呼び寄せた。

「あ……」

毛艶《けづや》のいい黒鹿毛の馬が近づいてきて、芳宮は息をのんだ。

なんという大きさだろうか。

縁に立つ芳宮がさらに見上げなければならない高さに賢そうな貌がある。

馬を見るのはもちろん初めてではなかった。父宮が狩りに出かけられた時、お供したことがある。大勢の公卿《くぎょう》や武士が集まり、たいそうな賑《にぎ》わいだったが、あの時見かけた馬はこれほど大きくはなかったように思う。

上から見下ろされて、芳宮は思わずすくんだが、茶色の目は優しげに澄み切っていた。

「こいつは疾風、この北国でも屈指の名馬だ。欲しがる者が大勢いたが、父上はこの俺に疾風を下された」

高欄からひらりと地面に飛び下りた鬼王丸は、自慢げに言いながら馬の首を叩《たた》いている。

しかし、鬼王丸の背丈はまだ大人のそれに及ばない。背伸びしてようやく首筋に手が届くぐらいだ。それなのに、いったいどうやって馬に乗るのか、不思議でたまらなかった。

「いいか？　疾風をもっと縁に寄せるから、おまえはそこに立って待ってろ。俺が先に疾風に乗って、それからおまえを引っ張り上げてやる」

「でも……大丈夫？」

「平気だ。俺は力もある。おまえひとりぐらい馬に乗せるのは造作もない。心配するな」

鬼王丸は軽く言い捨てた。

そして、次の瞬間には疾風の手綱に手をかけ、どっと軽快に大地を蹴《け》る。

「あっ」

ふわんと浮き上がった鬼王丸は、いつの間にか疾風の鞍《くら》に収まっていた。目にも止まらぬ早業《はやわざ》とはこのことだろう。

感心していると、鬼王丸が身を乗り出すように縁へと手を伸ばしてくる。

「さあ、こっちに手を伸ばせ」

芳宮は自然とその鬼王丸へと両手を差し伸べた。

「よいしょっ」

威勢のいい掛け声が響いた刹那《せつな》、芳宮の身体が宙に浮く。

「あっ」

不安定な体勢を恐ろしく思う暇もなく、鬼王丸に抱き留められる。

ふと気づくと、何もかもが遥か下に見えた。高さにすくむと、鬼王丸が背中から宥めるように抱きしめてくる。

「怖いのか？　俺がいるから平気だ。絶対におまえを落としたりしない。何もかも俺に任せておけ。いいな？」

「う、……うん……」

芳宮は懸命に頷いた。

本当は馬の背があまりにも高いので、怖くて仕方がなかった。けれども、もう幼い子供ではない。怖い、怖いと騒ぐのは気恥ずかしかった。

「平気なら行くぞ？」

「ほ、ほんとに？」

震え声を出すと、背後でくすりと忍び笑いが漏れる。

「やっぱり痩せ我慢か……。正直に言え。ほんとは怖いんだろ？」

「ちょ、ちょっとだけ……」

芳宮は素直に心情を明かした。

鬼王丸の言葉には、何故か逆らいがたいものがある。

「わかった。なら、ゆっくり駆けさせる。それに、俺がちゃんとおまえを抱いててやるから心配するな」

「うん」

芳宮はそう応えつつ、すっと身体の力を抜いた。

鬼王丸は左手で芳宮の腰を抱き、右手だけで器用に手綱を操っている。

そうして、疾風はゆっくりと進み始めた。

荒れた庭から築地の崩れた場所へ。外に出るのは造作もなかった。

ゆらっゆらっとひと足ごとに身体が揺れる。だが、ゆったりとした動きだったせいか、怖さはあまりなかった。そのうち馬上で揺られることに心地よさを感じ始める。

馬が進んでいるのは、目に染みるような新緑の森だ。

陽の光が射し込んで、小さく揺れる光の玉が無数にできている。爽やかな風が吹き込むと、森全体が淡い光の輪できらきらと輝く。

こんなふうに幻想的で美しい景色は、今まで目にしたこともない。

御所には立派な庭園があったけれど、ここにあるのはなんの手入れもなされていない原始の森だ。だが芳宮にはこの森が御所の庭よりずっと美しいものに感じられた。

「きれい……」

「ん？　何か言ったか？」

すかさず問い返されて、芳宮は微笑《ほほえ》んだ。

鬼王丸はまったくと言っていいほど物怖《ものお》じしない。

さほど頻繁に逢うわけではないが、帝に縁のある子供たちは大勢いる。それに遊び相手として召される公卿の子供。しかし、鬼王丸のような子供は今まで見たこともなかった。

身分が低く、ものを知らないからだろうか。でも鬼王丸の闊達さは、生来のもののようにも見える。

芳宮は御所を出てからのことをちらりと思い出した。

都を追われ、地の果てに等しい北国まで旅してきた。途中では多くの者の挨拶も受けた。いくら都を追われたとはいえ、芳宮は皇統に属している。それゆえ粗略に扱われることは一度もなく、御簾の向こうで数多くの者たちが平伏していた。

鬼王丸のように、恐れげもなく自分に触れた者は誰ひとりとしていなかった。

「おまえ、いつから森の館にこもってたんだ?」

「あそこに着いてひと月ほどになる」

「それじゃ、おまえはひと月もの間、ずーっと館の中にとじこもってたのか?」

「だって……」

莫迦にしたような言い方に、芳宮は思わず反撥《はんぱつ》したが、いざしゃべるとなると適切な言葉が出てこない。

「まあいいさ。これからは俺がどこへでも連れてってやる」

「ほんとに？」

「ああ、任せておけ」

力強い言葉に、芳宮は胸がいっぱいになった。

「そろそろ疾風を駆けさせるぞ。いいな、芳？」

「え……ああっ」

訊き返す暇もなく、いきなり疾風の足が速くなる。

芳宮は一瞬にして身体を強《こわ》ばらせたが、それを宥めるように鬼王丸の手に力が入った。

「大丈夫だ。俺が一緒だ。それでも怖ければ目を瞑ってろ。何も見えなければ、頬に風が当たって気持ちいいのがよくわかるぞ」

芳宮は素直に両目を閉じた。

鬼王丸の言ったことは本当で、一瞬感じた恐怖が跡形もなく消え失《う》せる。代わりに感じたのは、この上ない心地よさだった。

「風だ……ほんとに気持ちいい」

「だろ？　俺は疾風を思うままに駆けさせるのが好きだ」

「鬼王丸はすごいね。疾風は大きいのに、思うままにできるなんて」

「芳……おまえ、やっと俺の名前を呼んだな」

「あ……」

思いがけないことを指摘され、芳宮は目を見開いた。

その瞬間、視界に飛び込んできたのは緑の草原だった。

いつの間にか森を抜けていたのだ。

起伏に富んだ原野には、初夏の草花が咲き誇っている。空には真っ白な紙を千切《ちぎ》ったかのような雲が浮かび、遠くには冠雪を戴《いただ》いた山々も見える。

広い。

世界がこんなに広いものだとは知らなかった。

御所という限られた場所にいた芳宮には、恐ろしく感じられるほどの広さだ。

「芳、どうだ？　気持ちいいか？」

背後の鬼王丸が大声で話しかけてくる。風を切る速さで駆けているので、大きな声を出さないと聞こえないのだ。

そして芳宮もまた大きな声で鬼王丸に応えた。

「気持ちいい。こんなに心地いいのは生まれて初めてだ」

「そっか、野駆けが気に入ったか。なら、毎日でも疾風に乗せてやるからな」

鬼王丸の言葉に、芳宮は涙ぐみそうになった。

今日だけじゃない。鬼王丸はまた自分を外に連れ出してくれると言っているのだ。

「なんか暑くなってきたな。疾風に水を飲ませるついでだ。川まで行くか」

鬼王丸がそう言って、疾風の首を巡らせる。

なだらかな丘から涼しい林の中へと駆け込むと、まもなく沢が見えてきた。

「ここは疾風も気に入りの場所だ。ここで飲む水は格別に美味《うま》いんだ。それに水練にも適しているしな」

鬼王丸はひらりと馬から飛び下り、芳宮に向かって両手を差し出した。

馬の背はかなりの高さでとても鬼王丸のようには下りられない。

「怖くない。最初に両足を揃《そろ》えろ。それから思い切って飛び下りろ。大丈夫だ。俺が受け止めてやる」

「あ……うん」

頼もしい声に、芳宮は恐る恐る足を動かした。手綱につかまって、右足を左のそれへと揃える。

「さあ、そのままどんと飛び下りろ」

「うん」

言われるままに、芳宮はすとんと馬の背から滑り下りた。

勢いよく両足をついた衝撃で上体が大きく傾いだけれど、鬼王丸がすかさずつかまえてくれたので転ばずにすんだ。

芳宮を下ろした疾風は勝手に水辺へと近づき、首を曲げて水を飲み始めている。

「さて、俺たちもちょっと泳ごう」

「……泳ぐ……？」

あまりにも思いがけない言葉に、芳宮は目を見開いた。

驚いたことに、鬼王丸はさっさと水干の襟紐《ひも》を外しにかかっている。

「まさか……水の中に入るの？」

「ああ、そうだ。今日はかなり暑い。汗をかいた。泳げばすっきりするぞ」

「………」

芳宮はこくりと喉《のど》を上下させた。

頭が真っ白になった気がする。

鬼王丸は武士の嫡男だという。武士とはこんなことをする者たちなのだろうか。

野辺《のべ》で衣を脱ぎ捨てて水に入るなど、信じられない。

そうしている間にも、鬼王丸は次々と着物を脱いでいく。最後にはとうとう素裸となって、にこっと白い歯を見せた。

「どうした？　おまえも脱げよ」

「ここで着物を？」

「濡れたらあとが厄介だろ。その分厚い装束じゃどうにもならない。それに裸じゃないと泳ぎにくいぞ」

芳宮は黙って首を左右に振った。

泳ぐという行為が何をするものなのかわからない。それはおそらく沐浴《もくよく》などとは違う種類のものだろう。

「おい、何してるんだ？　早く脱げ」

「で、でも……」

芳宮は無意識に後じさっていた。

怖いという自覚はなかった。人前で着ているものを脱ぐという行為が恥ずかしいとの自覚もない。強《し》いて言うなら、未知のものに対する恐れがあるだけだ。

「まさか、恥ずかしがってるわけじゃないだろうな？　男子なら裸で水練は当たり前だぞ。水練やったことがないなら、俺が教えてやる。男子なら泳げないほうが恥だと思え」

自信たっぷりに言われ、芳宮は視線を落とした。

鬼王丸はほんの少し年上なだけだ。だから、何もできない奴だと思われるのは嫌だった。

それに直衣を脱ぐこと自体にはさほど羞恥は感じない。

困ったのは、脱ぎ方がわからないことだ。

北国に来てからは放っておかれることが多かった。それでも、着替えなどは必ず右近が介添えする。ひとりでやったことはない。手順は覚えているのだけれど、上手《じょうず》にできるかどうか心許《こころもと》なかった。

袍の紐に手をやって、恐る恐る引っ張ってみる。結び目はするりと解けたけれど、それだけではどうにもならない。重い袍を身体から離すにも手間取ってしまう。

「おい、何やってんだ？　おまえ、ひとりで着物も脱げないのか」

呆れたように声をかけられて、芳宮は頬を染めた。

鬼王丸の口ぶりから察するに、ひとりで着物を脱げないのは相当に恥ずかしいことであるらしい。

芳宮が俯《うつむ》くと、鬼王丸はますます焦れたように手を出してくる。

「もう、仕方ないな。俺が脱がせてやる」

「あ……」

袍に手がかかり、次の瞬間にはそれを奪われる。

布の重みから解放され、芳宮はほっと息をついた。

「だいたい、なんだってこんな重たい冬物なんか着てるんだ？　これじゃ暑くてたまらんだろう」

鬼王丸の何気ない指摘に、芳宮は羞恥に襲われた。

やはり、この北国でも衣替えはあるのだ。

自分のほうが身分は上。鬼王丸は田舎育ちゆえ、ものを知らぬ。今まで自然とそう思い込んでいたことが恥ずかしい。

「赤子みたいに手間のかかる奴だな」

鬼王丸はくすくす笑いながら手を動かしている。驚いたことに右近よりも手際がいいくらいで、芳宮はあっという間に素裸に近い姿となっていた。

だが鬼王丸の手は止まらず、最後の一枚へと伸びる。

「これも脱げ。いいな?」

「あ……うん」

芳宮は自然と頷いていた。着替えや沐浴など、すべて人の手で世話されてきたので、肌を見せることに対する羞恥はない。

するりと薄物の下袴を取り去られると、本当に生まれたままの姿となる。

「なんだ……おまえ、やっぱり男子なんだな」

鬼王丸の手が下腹に伸び、中心を握られる。

「え、あっ」

思わず息をのんでいるうちに、弾力を試すようにいじられた。

むずむずして変な気分だったけれど、芳宮はされるがままになっていた。

「すごく可愛い貌してるし、着物を着てればどこから見ても姫君なのに、ちゃんとついてるもんはついてるのか……」

鬼王丸はなんだか残念そうな声を出す。

「……どこか、おかしいの？」

不安を感じた芳宮は鬼王丸を見上げながら問い返した。

きかん気の貌に、くしゃりと笑みが浮かぶ。

「別に、どこもおかしくないぞ。おまえはちょっと変わってるけど、鬼や物の怪の子じゃない。ちゃんとした人の子だ」

鬼王丸は安心させるように言いながら、ふわりと芳宮の頭に手を置いた。

「うん……」

視線を落とすと、鬼王丸の股間にも同じような隆起がある。

普通の子と変わらないと認められ、芳宮はなんとなく嬉《うれ》しくなった。

「さあ、水に入るぞ」

鬼王丸は芳宮の手首をしっかりとつかみ、川辺へと進む。

襪も脱ぎ去って、直に草地を踏む感触は新鮮だった。素肌に直接風が当たるのも心地いい。

川幅はさほど広くなかった。流れも急で蛇行している。だが、鬼王丸が芳宮を伴ったのは、ゆるい瀬になっている場所だった。

水辺の際までびっしり草が生えているので、移動中に足を傷める心配もない。

初夏の陽射しが燦々《さんさん》と降り注ぎ、水面《みなも》を輝かせている。白く砕けた飛沫《しぶき》が虹《にじ》をつくり、そのあまりの美しさに芳宮は目を瞠《みは》った。

川といえば、都に流れている鴨川《かもがわ》しか知らない。父宮が船遊びをなさった際にお連れくださったのだ。けれど、この川はまるで生きているもののようだ。

「さあ芳、足をそおっと水につけてみろ」

先にざぶざぶ川に入った鬼王丸が促《うなが》す。

「わかった」

芳宮は小さく答えながら、鬼王丸の言に従った。

そっと華奢な足を伸ばして爪先《つまさき》を水に浸《つ》けてみる。

「冷たいっ」

思わず叫んでぎゅっと鬼王丸の手を握る。

「川の水だ。冷たいに決まってる。雪解けの水だからな。ちょっとずつ進んでいけば平気だろ?」

「う、うん……」

右足の次は左足。浅瀬でも流れは速い。でも、鬼王丸が支えてくれるので怖くはなかった。

脹《ふく》ら脛《はぎ》のあたりまで浸けてしまえば、きーんと音がしそうなほどの冷たさにも慣れてくる。

だが、鬼王丸が優しかったのはそこまでだった。

「よし、もういいな?」

「え? ああっ」

無情にも鬼王丸は手を離し、流れの中心へとひとりで歩いていく。

どうしていいかわからず、芳宮はその場で立ちすくんだ。

鬼王丸は深場で背中を倒し、あとは気持ちよさそうに流れに身を任せている。

「もっとこっちまで来てみろ。まださほど深くない。ちゃんと背は立つから」

「で、でも……っ」

「赤ん坊じゃないいんだから、自分で歩いてこい」

「だけど、き、鬼王丸……」

芳宮は泣きそうな声を出した。

ひとりで歩くのは怖い。鬼王丸に支えられていないと、速い流れに足を取られてしまいそうだ。

「しょうがねぇな。そらっ！」

掛け声とともに、ざっと大量の飛沫が浴びせられる。

「！」

何をされたのか、とっさにはわからなかった。

「そら、これで冷たさにも慣れただろ」

鬼王丸は笑いながら、ばしゃばしゃと水を被せてくる。

立ち尽くしていた芳宮は、すぐに頭からずぶ濡《ぬ》れになった。

「あははは、芳、おまえ……あははははは」

鬼王丸はすっかり面白《おもしろ》がって高笑いを続けるだけだ。

けれど、芳宮がすくんだままでいると、さすがに心配になったように近づいてくる。

「まさか、泣いてんのか？」

「う、ううん……違う。少し驚いただけ」

芳宮はぎこちなく首を横に振った。

鬼王丸は手を伸ばし、そんな芳宮を抱き寄せる。

「悪かった。おまえ、初めてだったんだもんな。さあ、俺が一緒にいてやるから、身体を水に浸けてみろ」

「うん」

鬼王丸に手を引かれ、そろそろと深みへ足を向ける。

ひとりだとすくんでできなかったことが、傍に鬼王丸がいるだけで、こんなに簡単だ。

腰までたっぷり水に浸かる場所まで歩いて、芳宮はようやく緊張を解いた。

「水、まだ怖いか？」

「怖くない」

「よかった……それなら泳ぎを教えてやる」

「うん」

「怖くないな？　大丈夫だな？」

鬼王丸は、芳宮を驚かせたことを心底後悔しているように、何度も何度も同じことを確認する。

「平気、だから」

「よし、いい子だ。まず頭まで全部水に浸けるところからだ。目を瞑っててもいいから、そこでそっとしゃがんでみろ。俺が押さえててやるから大丈夫だぞ」

「わかった」

芳宮は鬼王丸の手をぎゅっと握ったままで、そろそろと腰を落とした。

胸まで水に浸かり、いよいよ首までとなると、やっぱり怖いと思う。でも鬼王丸が、頑張れ、もう少しだというように手に力を入れてくれると、その怖さも半減する。

いつの間にか芳宮は、鬼王丸に対し、全幅の信頼を寄せていたのだ。

何も知らなかったからこそ、鬼王丸が示す不器用な優しさを全部受け入れられたのかもしれない。

芳宮はそれから一刻ほど、存分に川遊びを楽しんだ。

鬼王丸の教え方は乱暴だけどわかりやすく、芳宮はいくらもしないうちに、水に浮き、手足をばしゃばしゃさせて少しは進むところまで上達した。

すべての衣を脱ぎ捨てて、無心に水と戯れる。

こんなに気持ちのいいことは本当に生まれて初めてだ。

鬼王丸はしょっちゅう水練をしているらしく、巧みに泳ぐ。まるで人の姿をした大きな魚かと思うほどだ。

「芳、おまえ筋がいいぞ。だいぶ上達したな」

「鬼王丸が教えてくれたから」

芳宮ははにかみながら応じた。

「そうだろ、そうだろ。俺の教え方がうまいからだ」

鬼王丸は満更《まんざら》でもなさそうに笑う。

芳宮はそんな鬼王丸を眩《まぶ》しい思いで見つめた。

白いだけの自分とは違って、健やかに陽焼けした肌。それに鬼王丸の身体は闊達な男子らしく、どこをとっても力強く見えた。

自分もいつか、鬼王丸のようになれないだろうか。

芳宮を襲ったのは、憧憬《どうけい》にも似た思いだった。

「泳いだら腹が減ったな。握り飯があるんだ。乳母《うば》やがこっそり持たせてくれた。今、取ってくるから、あの大岩に上って食おう」

鬼王丸が指さした方角には、上が平らになった大きな岩があった。

「あの……着物は？」

「誰も見てないんだ。裸のままで平気さ。食べてるうちに濡れた身体も乾く」

「わかった」

芳宮は素直に頷いた。

鬼王丸がそう言うならば、いけないことではないのだろう。ここは都じゃない。だからここではそうするのが当たり前なのかもしれない。

大岩は芳宮と同じぐらいの高さだった。幸い足をかけるのに手頃な出っ張りがあったので、助けを借りずによじ登ることができた。

鬼王丸は疾風の鞍に結わえてあった包みを持って、身軽に飛び乗ってくる。

本当に何をやっても上手なので、感心してしまう。

「ほら、これだ。頓食《とんじき》」

笹の葉でくるんだ中には、鞠《まり》のような塊《かたまり》がふたつ入っていた。

鬼王丸はそれをひとつ芳宮に持たせてくれる。

「これ、本当に頓食？　こんな大きいの、見たことない。それに形も違う」

吉兆の行事や宴で下仕えの者が賜る頓食は、鶏の卵のような形状だ。

「頓食と言うか、まあ、握り飯だな」

「どうやって食べるの？」

「かぶりつくに決まってんだろ。ほら、こうやるんだ」

鬼王丸は怒ったように言い、目一杯口を開けてかぶりつく。

「すごい……」

芳宮は目を丸くしつつ、両手で持った握り飯を自分の口に近づけた。

鬼王丸の真似をして懸命にかぶりつくと、最初に感じたのはしょっぱさだった。なのに咀嚼するごとに、口いっぱいに甘さが広がってくる。

蒸した米を握っただけのものなのに、それは今まで食べたどんな料理よりも美味しかった。

裸で泳ぎ、また裸のままで食べ物を口にする。

頭上には燦々と降り注ぐ陽の光。

今朝までのことを思えば、こんな振る舞いをしているのが信じられない。まるですべてが夢の中の出来事のようだ。

そして何もかも、目の前にいる鬼王丸がもたらしてくれたものだった。

「あ……ご飯粒」

「何?」

「ついてる、ご飯粒」

芳宮が指摘すると、鬼王丸は嫌そうに目を眇める。そして貌についていたご飯粒を指で取り、ぺろりと口に入れた。

「おまえもだ、芳」

「え？」

「ここ」

鬼王丸はすっと芳宮に手を伸ばし、口の端についていたご飯粒をつまむ。そしてそれをそのまま自分の口に入れてしまった。

何故だか急に恥ずかしくなって、芳宮は視線を落とした。

自分の手にはまだ半分ほどになった握り飯がある。けれど、すでにお腹がいっぱいで、全部は食べられそうもない。

「これ、全部は無理」

「なんだ、口に合わなかったのか？」

咎めるような口調に、芳宮は慌ててかぶりを振った。

「違う。美味しかった。でも、もうお腹がいっぱい」

「しょうがないな。それなら俺に寄こせ」

鬼王丸はそう言って、芳宮から簡単に握り飯を取り上げる。

驚いたことに、残りの握り飯はほんのふた口ほどで、全部鬼王丸の腹に収まったのだ。

「鬼王丸はすごいね」

感心して言うと、鬼王丸がにこっと邪気のない笑みを見せる。

鬼王丸はそのあと川辺まで戻り、竹筒に水を汲《く》んできた。

先に自分がこくこくとその水を飲み、残りは芳宮に差し出された。

さっきまで泳いでいた川の水だ。けれど、喉をとおった水は、今まで飲んだどんな飲み物よりも美味しかった。

「さてと、身体も乾いたし、そろそろ戻るか。あまり遅くなると、寛季の雷が落ちる」

「寛季？」

「ああ、俺の守り役だ。おまえも、そろそろ帰らないと心配する者がいるだろ？」

芳宮は険しい表情の右近と、忠義一途といった武士の貌を同時に思い浮かべた。

けれども、右近はまだあの書き置きを見ていないかもしれない。

だが、異変が起きたのは、ふたりで大岩を下りようとしている時だった。

「若！　なんという真似を！」

いきなり蹄の音がして、間髪を入れずに恐ろしい怒声が響き渡ったのだ。

「寛季か」

鬼王丸は暢気《のんき》に応えたが、守り役の寛季は貌を真っ赤にして怒っている。

馬から飛び下りたかと思うと、すごい勢いで鬼王丸をつかまえて、いきなりがつんと頭に拳骨《げんこつ》をくれたのだ。

「何するんだよ、痛ってーな」

貌をしかめた鬼王丸に、寛季はさらにがみがみと雷を落とした。

「何じゃありません！　悪賢く行方《ゆくえ》をくらまして我を死ぬほど心配させたのは、どこのどなたですか？　この寛季は若様の守り役。若がやんちゃをなさる時は、拳固《げんこ》のひとつぐらいくれる権限を持っております。万一、殿よりお咎めがある場合は、この首いくらでも差し出す所存」

「ちっ」

鬼王丸は鋭く舌打ちして、負けん気にじろりと寛季をにらみつけている。

けれど非が己にあることは認めているのだろう。それ以上、寛季に食ってかかることはなかった。

寛季はさっと芳宮を振り返り、青ざめる。

「み、宮様……な、なんというお姿で……若っ！　み、宮様にまでご自分の好みを押しつけられたのか。情けない……寛季は情けないですぞ」

続けざまに叱《しか》られても、鬼王丸にはいっこうに応えた様子がない。

それどころか、さも偉そうに肩を怒らせているだけだ。

「ただ今、お召し物をお持ちします。し、しばしお待ちを」

寛季は慌てたように、さきほど着物を脱ぎ捨てた場所へと駆けていく。

心配になった芳宮はそっと鬼王丸の貌を窺った。

「裸ではいけなかったの？」

「いいんだ。寛季がうるさく言うだけだ。だいいち、泳ぐのに着物を着てたら邪魔だろう。ただでさえ重い着物だ。それが濡れたらとんでもないことになる。おまえなどすぐに溺《おぼ》れてしまうぞ」

鬼王丸は自信たっぷりに言う。守り役の叱責など、少しも気にせずけろりとしている。

寛季は芳宮の衣装一式をかかえ、すぐに戻ってきた。しかし、この先どうしていいか判断に迷っているようだ。

「宮様……申し訳ございません。緊急時と思《おぼ》し召し、何卒《なにとぞ》、直答をお許しください」

「かまわない」

「あ、ありがとうございます。あの、お、お身体に触れることもお許し願えましょうか？」

芳宮が頷くと、寛季は心からほっとしたように大きく息をつく。

そうして芳宮に衣装を着せるべく動き始めた。

下袴と肌小袖から始まって次々と順番に。乱暴だった鬼王丸とは違って寛季と呼ばれた守り役の手つきは丁寧で動きにもよどみがない。

これも芳宮には新鮮な体験だった。

御所にいた時、新参の女官に当たると、大変だったことを思い出す。着替え、沐浴、ただ物を運んで来るだけで何度も粗相を繰り返し、普通に役目がこなせるようになるまで、何十日となくかかることが少なくなかった。

寛季は冠位すら持っていないかもしれない。それゆえ、芳宮に対してもへたな遠慮をせず、鬼王丸と同じように扱ってくれるのかもしれない。

「宮様……あ、あの、差し出がましいこととは存じますが、都では暑い季節になっても、きちんとした直衣をお召しになるのがしきたりでしょうか？」

神妙な貌つきで問われ、芳宮はゆっくり首を振った。

「違う。都でも卯月を過ぎれば衣替えをする。右近はきっと……」

最後まで言えずに、芳宮は下を向いた。急に羞恥が込み上げてきて、どうしようもない。

けれども寛季は芳宮の気持ちを察したように声を出す。

「よけいなことを申し上げてしまいました。田舎者ゆえ、礼儀をわきまえておりませんでした。お許しください」

「いえ、それは……」

深々と頭を下げた寛季に、芳宮は慌てて声をかけた。

右近は何も言わないけれど、これからも何かと不自由を強いられるのだろう。だが、それも時の運というものだ。

「宮様、それでは館までお送りしましょう。遅くなりますと、館の方々がご心配になられましょう」

最後まできちんと直衣を着せ終わった寛季がおもむろに言う。

「うん、わかった」

芳宮が応えるよりも早く、怒ったように口を出してきたのは鬼王丸だった。

「芳は俺が乗せていく。俺が連れてきたんだからな。帰りも疾風に乗せるぞ」

介添えなしでも鬼王丸はすでに水干をしっかりと着終わっている。後ろで結んだ髪はさすがに乱れているが、水干姿にはさほど乱れはなかった。

その鬼王丸はすっと芳宮の細い手首をとらえる。疾風に向かって歩き出した時、寛季がほっとため息をつくのが聞こえた。

「芳、いいか？　さっきも乗ったんだから、怖くないだろ？」

「うん……怖くない」

芳宮は素直に頷いて鬼王丸に身を任せた。

最初に乗せてもらった時と同じように、抱き上げられるのだと思ってのことだ。だが、鬼王丸が芳宮を支える前に、寛季の声がかかる。

「若、わたしがお乗せいたしましょう」

「うるさいっ！　おまえはよけいな手を出すな。俺がやる」

鬼王丸はいかにも気に入らないといった様子で貌をしかめる。

気性の荒さが剝《む》き出しになって、一瞬怖く思ったほどだ。

「……鬼王丸……」

思わず震え声を出すと、鬼王丸は慌てた様子を見せる。

「悪かった。怖がらせたか。なんでもないんだ。でも、芳がどうしても寛季と一緒に帰りたければ、それでもいいんだぞ？」

「ううん……わたしは鬼王丸と一緒がいい」

芳宮がそう応えたとたん、鬼王丸の表情がぱっと明るくなる。

寛季のところに行っていいとは言ったものの、本心はまるで違ったようだ。

守り役は、主の気性を知り尽くしているらしく、黙って様子を眺めているだけだ。

芳宮は、鬼王丸に言われるままに爪先立って両手も伸ばした。

「そうだ、芳……それで手綱をつかんでろ。俺がおまえの身体を押し上げてやる。そしたら、疾風の背中を跨《また》ぐんだ」

「うん、わかった」

鬼王丸の言うことにはなんでも素直に応じてしまう。

この数刻を一緒に過ごしただけで、鬼王丸はなくてはならない人になった。

今までの一生で、こんなに楽しかったことがあっただろうか。

疾風に乗せてもらい、その名のごとく風を感じることができた。

陽射しを思う存分に浴びて、礼儀など何も気にせずに生まれたままの姿で水浴びまでしてしまった。

冷たい水に浸かる気持ちよさといったら、本当に驚いてしまった。

裸のままで、あんなに大きな握り飯というものにかぶりついたのだって生まれて初めてだ。

何もかも鬼王丸が教えてくれたのだ。鬼王丸が館から連れ出してくれなければ、外の世界がこんなに光に溢《あふ》れていることさえ知らずにいただろう。

「芳、帰りは少し速度を上げてみるぞ。もう怖くないだろ?」

「うん、怖くない。鬼王丸と一緒だから」

「そっか、俺と一緒だと怖くないか」

「うん」

他愛ないやり取りを交わしているだけで、なんとなく胸の奥がほっこり温かくなる。

背中を包み込む感触はとても頼もしい。大人に比べれば、鬼王丸だってまだまだ小さい。

それでも与えられる安心感は格別のものだった。

今日は本当に楽しかった。知らない者とこんなに話したのも初めてだ。

これで館に帰ればどうなるのだろうか。鬼王丸とまたいつか逢えるだろうか。

疾風はすごい速度で館のある森へ向かっている。

「もうすぐだぞ、芳」

「うん」

「俺、またおまえに逢いたいな」

「何？」

風を切る音が大きくて鬼王丸の声がよく聞き取れない。

振り返ろうとした芳宮の耳に、鬼王丸が口を寄せてきた。

「また俺が連れ出してやるから。そしたら俺と一緒に来るだろ、芳？」

「うん……鬼王丸……一緒に行く……」

これが最後じゃない。

そう確信した刹那、胸の奥からじわりと熱いものが込み上げてくる。

鬼王丸とまた逢える。

そう思っただけで、何故か涙が滲んでいた。

二の章

馬で駆けたのはほんの四半刻ほどだった。行きは色々と寄り道したようだが、帰りは一番近い道をとおったのだろう。

いつまでも続いてほしいという願いも叶わず、すぐに見覚えのある森が見えてくる。

疾風がその森の中に駆け込んでいった時、芳宮《かおるのみや》は思わず腹に廻っていた鬼王丸《きおうまる》の手を押さえた。

「どうした？　怖くなったのか？　もうすぐ館だぞ」

先ほどと同じように、鬼王丸が耳に口を寄せて優しげな声を出す。

芳宮の胸はしくしくと痛みを訴えた。

「違うの……怖くない……でも、……寂しい……」

口にしたとたん、芳宮は初めて自分の気持ちに気づかされた。

寂しい。

それは今まで知ることのなかった感情だ。

御所にいた時だって、これほど人を身近に感じることはなかった。

幼い頃は母の膝で甘えることもあったが、今では几帳越しに話すことが多い。父宮はよく遊んでくださったけれど、毎日逢えるわけでもない。

藤原《ふじわら》のお祖父《じい》様やお祖母《ばあ》様もたまには御所に訪ねてきてくださる。三条のお屋敷に遊びにいくことだってあったけれど、抱きしめてくださったのは、もっと小さな子供の頃だ。

御所には世話係の女房たちが大勢いたけれど、右近《うこん》を除けば誰ひとりとして親しく口をきく者さえいない。

まして同じ年頃の子供となれば、逢う機会すら滅多にないのだ。

今日一日、鬼王丸と一緒にいて、どれほど楽しかったことか。それなのに館に着いてしまえば、その楽しかった日が終わってしまう。

森の中の館が見えてきた時、芳宮は泣きそうになった。

「芳、着いたぞ」

馬を止めた鬼王丸がひらりと飛び下りる。

両手を差し伸べられて、芳宮はごく自然に身体を預けた。鬼王丸はしっかり芳宮を抱き、ふわりと地面に下ろす。

「若、宮様をお連れしたこと、館の者に伝えてまいります」

寛季《ひろすえ》がそう声をかけた時だった。

突然館の中からがたりと物音がする。

「み、宮様!」

妻戸から飛び出してきたのは血相を変えた右近だった。長く曳《ひ》いた単《ひとえ》の裾《すそ》が足に絡《から》み、転びそうになりながら芳宮の元まで駆けてくる。

「右近……」

「ああ……ご無事でいらっしゃいましたか……お姿が見えず、肝を冷やしました」

右近は目に涙を滲ませていた。

「すまない……書き置きを残したのだけれど……」

「何故こんなことをなさったのですか？　今までおひとりで外にお出ましになったことなど一度もございませんでしたのに、どうして……」

掻《か》き口説《くど》くように責められて、芳宮は申し訳なさでいっぱいになった。

右近がこれほど心配するとは思わなかった。館を抜け出したことさえ、気づかないかもしれないと思っていて……。

「……右近……すまない……」

芳宮はやつれて皺の目立つ貌を見つめながら再び詫《わ》びの言葉を口にした。

すると右近は感極まったように目を眇める。

「宮様がお謝りになるなど、とんでもないことでございます。お世話をする者の数が足りずにご不自由をおかけしておりますことこそ、申し訳なく思っておりますのに……」

右近はそこで、ふと視線をそらした。そうしてゆっくり首を巡らせ、後ろに控えていた鬼王丸主従を厳しく咎めるように見据える。

「おまえか、恐れ多くも宮様を館から外へとお連れしたのは？　ここにおわす宮様は、おまえのように賤《いや》しき童が口をきくどころか、お姿を目にすることさえ叶わぬ高貴なお方ぞ。いくら鄙育ちとはいえ、ものを知らぬにもほどがあろう。どうせ親もろくな者ではあるまい」

辛辣な言いように、鬼王丸がむっとしたように右近をにらむ。

だが、鬼王丸より先に口を開いたのは守り役の寛季だった。

「女房殿、いくらなんでもそれは口が過ぎましょうぞ。こちらにおわすは、この北国を治める藤原家のご嫡男、鬼王丸様にござる。決して身分賤しきお方ではござらぬ」

「ふん、北国の国司では冠位もしれておるわ。昇殿が許されるかどうかも危ういものじゃ」

憎々しげに言う右近に、芳宮は思わず不安を覚えた。

鬼王丸は何も悪くない。それどころか、館に閉じ込もりきりの自分を楽しませようとしてくれたのだ。それに、この伸びやかな北国の大地では、身分に縛られた言動などなんの役にも立たない。

鬼王丸は身をもって、それを教えてくれたのに。

「右近……その者たちを責めてはならぬ。勝手に抜け出したわたしが悪いのだから」

芳宮は小さく声をかけながら、右近の袖を引いた。

この行為も都では失笑を買う類だが、右近を止めたい一心で、そうせずにはいられなかった。

「宮様、なんとお優しい……けれど、この童は宮様に害をなしたかもしれないのですよ？　このような者に情けをかけられることはございませぬ」

「右近……」

右近は一歩も退かぬ構えだ。困った芳宮は小さく息をついた。

今まで側仕えの者たちに言われるままに過ごしてきた。逆らうなど考えもつかなかった。だから右近をどう説得したものか、すぐにはよい思案も浮かばない。

だが、それまでおとなしく様子を見守っていた鬼王丸が突然不敵な笑みを見せる。

「おい、右近とやら……芳を困らせているのはおまえのほうだろ」

「な、何を言い出すのじゃ」

「夏だというのに芳をこんな蒸し暑い館に閉じ込めて、外の風にも当ててやらない。それがおまえたちの忠義か？　おまえたちがそんなだから、芳は青白い貌をしてるんだ。芳に忠義を尽くすなら、もっと気遣ってやれ」

「お、おまえは……み、宮様の御名《みな》を……、み、宮様を……」

右近は今にも卒倒しそうな気配を見せる。

鬼王丸が芳宮の名を呼び捨てにしたことで、倒れそうなほどの衝撃を受けたのだろう。それに鬼王丸の弾劾も、思いもつかなかったことだったに違いない。

「若、それ以上はなりませぬぞ」

険悪な状況を察した寛季がすぐさま鬼王丸を止めにかかる。

有無を言わさぬ力で主の腕をねじ上げて、じりじり引きずるように後退させた。

「離せ、寛季！」

さすがの鬼王丸も寛季の力には敵《かな》わぬとみえて、悔しげな声を出す。

「今日のところは引き揚げましょう、若」

「だが、このままでは芳が可哀想だろ。あの気の利かない女官にもっと言ってやらねばならん」

「若！」

主従の争いを、右近は呆然《ぼうぜん》と立ち尽くしたままで眺めている。

鬼王丸がもう帰ってしまう。

芳宮が気になったのは、そのことだけだった。

しかし、その時、突然あたりに蹄の音が響きわたり、対峙《たいじ》した者たちは皆一様に、振り返った。

壊れた門を抜けてきたのは、疲れ切った様子の武士だ。

「み、都よりの急使にございます」

馬を下りた武士は、そのまま力尽きたようにへたり込む。

「都からじゃと？　な、何があった？　申してみよ」

正気を取り戻した右近が、すかさず問い質《ただ》す。

武士は、芳宮がこの場にいることに気づく様子もなく、右近の前で両膝をついて平伏した。

「も、申し上げます。い、一宮様が、吉野の寺にて身罷《みまか》られましてございます」

芳宮ははっと目を見開いた。

使者が口にした言葉がすぐには理解できない。けれども何故かぶるぶると両手が震えた。

「い、いったい何を申しておるのじゃ？　ここには宮様もおわすのだ。世迷《よま》い言《ごと》など言うでないぞ」

右近は怒りを隠しもせず、癇性に使者を叱りつける。

「わ、わたくしめは、命じられたとおりにお伝えしております。一宮様は、ご逗留《とうりゅう》先の寺院にて急な病を得られ、加持祈禱《かじきとう》の甲斐《かい》もなく、儚《はかな》くなられた由《よし》にございます」

使者ははっきりとした声で告げ、再び大地に平伏した。

芳宮は目に見えてがくがくと震え出した。

父宮が亡くなられた。

使者は、そう言っているのか？

何故？

東宮に立たれたのが弟宮で、兄である父宮の立場がお悪くなったのは承知している。けれど、吉野の寺院に身を寄せられているだけで、お身体を悪くされたとは聞いていない。

芳宮はゆらりと華奢な身体を揺らした。地面に伏してしまいそうになったのを、さっと飛び出してきた鬼王丸に支えられる。

「芳！　しっかりしろ！」

無遠慮に叱りつけられて、芳宮はぼんやり鬼王丸を見上げた。

どうしていいかわからず泣いてしまいそうだったけれど、鬼王丸がしっかり両手を廻して抱きしめてくれている。直に温《ぬく》もりを与えられ、何故か身体の震えが止まった。

報告を受けた右近は茫然自失といった体《てい》で使者を見下ろしているだけで、芳宮に触れた鬼王丸を咎めようともしない。

理性を失わず、遠慮がちに声を発したのは寛季だった。

「失礼ながら、とにかく宮様を中へご案内してはいかがか？　遠出をされてお疲れのはず。中でお休みになっていただいたほうがよいかと存じます。それに、使者殿とて長い道のりを駆けてこられたのだろう。休息を取らねばはかばかしい話もできぬかと存ずるが」

右近ははっとしたように表情を改め、ようやく芳宮へと視線を移した。

「宮様……と、とにかく館の中へ」

右近はそう言って、ふらふらとした足取りで芳宮へと近づいてきた。そこで初めて鬼王丸に気づいたらしく、不快げに貌をしかめるが、咎め立てはしなかった。

「さ、宮様」

「右近……」

「大丈夫でございますよ、宮様……この右近がお傍におります。決して宮様をおひとりにはいたしません」

右近はそっと芳宮の直衣の袖をつかんだ。

鬼王丸が腕をゆるめ、芳宮の身体はごく自然に右近の隣へと移る。

 鬼王丸が悔しげに空いた手を握りしめていたのに、芳宮は気づく余裕もなかった。

 楽しい一日の終わりに待ち受けていたのは、恐ろしい知らせ。

芳宮はただ身を震わせながら、襲いくる運命を受け止めるしかなかったのだ。

†

その夜遅く、芳宮は几帳の陰でじっと身を縮めているだけだった。

すでに夜着に着替えている。寝間の用意も整い、青白い頬を照らしているのは、たったひとつきりの灯《あか》りだ。

北国へ来て以来、宿直《とのい》の者さえいなくなった。館では何人かの小者や下女を使っているらしいが、宿直が敵《かな》う身分の者は右近の他、誰もいなくなっていた。

その右近は今宵も母の対屋に詰めきりになっている。

ひとりになると、嫌でも昼間聞いた恐ろしい知らせを思い出してしまう。

父宮が儚くなられたなどと、にわかには信じられない。

頼りにすべきお祖父様、藤原大納言も先の騒ぎでお命を縮められた。それゆえ芳宮と母は、遠い北国までやってきたのだ。

いずれ都に戻れる日がくる。それまで不自由を辛抱すればいいだけなのだから、何も心配することはない。

右近からは常々そう言い聞かされていた。右近は芳宮だけではなく、母の耳にも何度もそう囁《ささや》いていた。

そうだ。母上はどうしていらっしゃるだろうか。

右近から訃報を聞き、さぞご心痛のことだろう。こんなところでぼんやりしていないで、母上をお慰めしたほうがいい。

ようやくそう思いついた芳宮はそっと立ち上がった。

御簾を上げて、枢戸から外へと出る。物音ひとつせずしんと静まりかえった渡殿をひとりで歩くのは少し怖かったが、気にしている場合ではない。

西の対屋まで行くと、ひっそりとした話し声が聞こえてきた。

「……様……そう泣いておられてばかりではどうにもなりませぬ。お悲しみはお察しいたしますが、今後の身の振り方をお決めにならなければなりませぬ。……様しかおできにならないことなのですよ」

「……」

母の声は聞き取れないほど低かった。

けれど、それに応えて右近がほうっとため息をつくのは耳に達した。

「……様、しっかりなさってくださいませ。幼い宮様のことを第一にお考えになって」

「……右近……っ」

悲嘆にくれたような声を聞いたとたん、芳宮は我慢ができずに駆け寄っていた。

「母上……っ」

作法など気にする余裕もなく、許可を得る前に御簾の中へと飛び込む。

「み、宮様」

驚きの声を上げる右近にはかまわず、芳宮は母の傍らに座り込んでいた。

「母上……」

重ねた単から覗く華奢な手が差し伸べられて、芳宮は幼子のように母に縋《すが》りついた。

「……宮……お労しい……こんなに稚《いとけな》くていらっしゃるのに……」

母は滂沱《ぼうだ》と涙をこぼしながら芳宮を抱きしめた。

恥ずべきことだとわかっていたが、芳宮も涙を堪《こら》えきれなかった。

視界の端では、右近ももらい泣きしているようで、貌に袖を当てている。

頼る者を亡くした者たちは、そうやって泣くしかなかったのだ。

それでもしばらくすると、右近が母子を励ますように声をかけてくる。

「宮様……悲しいお気持ちはよくわかりますが、これ以上母上を困らせてはなりませぬ。宮様はまだお小さくていらっしゃるけれど、おできになりますね？」

「うん、右近……わたしは母上を困らせたりしない。これからはわたしが母上をお守りする」

芳宮が健気に決意を告げると、母がいっそう悲しげに涙をこぼす。

「……清子《さやこ》様、宮様のお言葉、お聞きになられましたか？」

「宮……」

「宮様をお守りするためにも、どうぞご決意くださいませ。わたくしとて、ご心中はお察し申し上げます。けれどもう藤原のご当主に頼るしか、他に方法がございません。宮様の御ためにどうか……」

右近は涙の跡を隠しもせずに真っ直ぐ母を見つめて言う。

母はそれに応えるように寂しげな微笑みを浮かべた。

「……わかりました、右近……宮のため……他に手立てがないのであれば是非もない。藤原熙顕《ただあき》殿を頼ることにします」

「よくぞ、ご決意なさいました」

母の言葉を受けて、右近は深々と頭を下げた。

ふたりがなんのことを話しているのか、芳宮には見当もつかなかった。しかし、母が心から望んでそうしようと思っているのではないことだけはわかった。

「母上……わたしのことでしたら大丈夫です。母上がご苦労なされることはありません」

芳宮は事情がわからぬまま、そう口にした。

しかし、母はますます悲しそうに目を細める。

将来、皇后、そして皇太后《こうたいごう》にまで上りつめると、藤原大納言家の期待を一身に受けた母は本当に美しい女性だった。消え入りそうな風情で、一瞬も目を離せないと焦燥に駆られてしまうほどに。ひとり息子の芳宮でさえそうなのだから、右近が傍を離れようとしないのも無理はない。

「いいえ、宮……。わたくしは宮の行く末だけを心配しております。父宮を亡くされて、お助けすべき我が父もすでにいない。我が兄弟、一族の者たちが今どうしているのかも知るすべがない。右近の言うとおりです。宮をお守りすることこそ、わたくしの務め。宮は何も案ずることはないのですよ？　このまま健やかにお育ちになれば……それだけがこの母の望みです」

「母上……」

母の声が胸の奥まで染みとおり、芳宮は再び目尻に涙を滲ませた。

部屋の中はまたしんみりとした雰囲気になる。

ややあって、右近が重い空気を払うように声をかけてきた。

「さあ宮様、もうお休みになる時刻ですよ。お部屋のほうにお戻りを……右近がついてまいります」

右近の言葉に芳宮はゆるく首を振った。

「ううん、いい。わたしはひとりでも大丈夫だから、右近は母上のお傍に」

「本当に宮様はお心根のお優しいお方……それでは申し訳ないですが、宮様のお言葉に甘えさせていただきましょう。右近は母上とまだ少しお話しせねばならぬことがございますゆえ」

「わかった」

芳宮はできる限り明るい貌で母を見やった。

こくりと頷く母に淡い笑みを向け、几帳の向こうへと進む。

しかし薄暗い渡殿を歩いて東の対《たい》まで戻ると、また不安が押し寄せてきた。

母は自分のために何をなそうとしているのだろうか……。

あまり気の進まぬことを、無理にやろうとしているのではないのか……。

そう感じ取っていても、自分では幼すぎて母を助けることもできない。

こういう時こそ、父宮や藤原のお祖父様がいてくだされればと思うが、おふたりとも儚くなってしまわれた。

力のなさを思い知らされると、よけいに寂しさが募ってくる。

西の対には母上と右近がいる。でも、世界でたったひとりになった心地だ。

脳裏には微笑んでおられた父宮のお貌ばかりが浮かび、芳宮は声も出さずに涙をこぼした。

ほろほろとどれほど泣き続けていた頃か、灯りがふと揺らめいて、芳宮は貌を上げた。

忍びやかな衣ずれの音が聞こえてくる。

どきりとなった刹那、几帳の向こうから貌を覗かせたのは鬼王丸だった。

「芳……」

鬼王丸は遠慮もなく傍までやってきて膝をつく。そうして両手を伸ばし、芳宮をぎゅっと抱きしめた。

「……鬼王丸……っ」

熱い想いが胸から溢れ、芳宮はひしと鬼王丸に縋りついた。

涙が止まらず鬼王丸の水干を濡らす。

「寂しかったんだな、芳……でも、俺がおまえの傍にいる。父上を亡くされて悲しいんだろ。俺が抱いててやるから、うんと泣いてもいいんだぞ?」

宥めるように髪を撫《な》でられて、芳宮はしゃくり上げながら何度もこくこくと頷いた。

父宮にはもう二度と逢えない。

その悲しさも、辛抱強く頭を撫でてくれる鬼王丸が傍にいれば耐えられる。

この世にひとりきりになったような寂しさも、鬼王丸が傍にいてくれるだけで、徐々に薄れていく気がした。

鬼王丸とは出合ったばかりなのに、もう傍から離れることなど考えられない。

「……ひ、っく……鬼王丸……っ」

「よしよし。俺はちゃんと傍にいるぞ？　これからは俺がおまえを守ってやる。寂しい思いなんかさせない。ちゃんと傍にいてやるからな」

「う、ん……」

静まり返った部屋の中で、ふたりはいつまでもそうして抱き合っていた。

鬼王丸は芳宮が泣き疲れて寝てしまうまで、ずっと傍にいてくれたのだ。

†

それから七日後のこと。

夜になってから右近が改まった様子で対屋に貌を見せた。

「宮様、藤原の殿が訪ねてこられましたゆえ、宮様もご挨拶を」

右近に硬い表情で告げられて、芳宮は小首を傾げた。

藤原の殿とは誰のことだろうか？

「……もしかして、鬼王丸の父上？」

「さようでございます。こののち、藤原の殿は母上の元にお通いになられます。煕顕様は宮様の行く末もお引き受けくださいましたので、きちんとご挨拶をなされませ」

「うん……」

芳宮の頭は疑問でいっぱいだった。

何故、突然鬼王丸の父がこの館に来るのか、さっぱりわからない。しかし右近の言うことに逆らう気など毛頭なかったので、素直に応じる。

右近は真新しい半尻《はんじり》をひと揃え手にしていた。公卿の子供が普段の遊び着に使うもので、直衣に比べれば動きやすさが格別だ。さらりとした夏用の仕立てで、袖をとおすのも気持ちがよかった。

右近に髪を美豆良に結ってもらい、そのあと館の中央にある寝殿へ行く。

寝殿はあちこち傷んで使い物にならない。それでも、板間はある程度整えられ、御簾もきちんと巡らされている。

驚いたのは上座に座している者がいたことだ。

「さあ、宮様、こちらへ」

右近はその男の前に芳宮を誘導する。

用意された茵に座ったが、胸にはまた不安が込み上げてきた。

「こちらが芳宮規仁様にございます」

斜め後ろに座した右近が両手をついて口上する。

これではまるで自分のほうが、身分が下であるかのようだ。

芳宮は不安に駆られながら視線を上げた。

水干姿で立烏帽子を被った男は父宮とそう変わらない年に見えた。精悍《せいかん》に整った貌をしており品もある。目元が鬼王丸にそっくりで、鋭く射るように見つめてくるのも同じだった。

鬼王丸はあれから何度か夜陰に紛れてこっそりと訪ねてきた。でも、今宵、父親が来るとは聞いていない。

「幼いな。年はいくつだ?」

「はい、七歳におなりです」

「鬼王丸より三つ下か……」

藤原熙顕は顎に指を当て、何か考え込んでいるかのような呟きを漏らす。

「鬼王丸殿には先日お目にかかりました。とても闊達なお子でいらっしゃいます。宮様も鬼王丸殿に懐いておられるご様子でした」

「そうか」

「宮様は利発でいらっしゃいますゆえ、ぜひとも行く末を見守っていただきたく存じます」

右近はよどみなく言ってのける。

「芳宮、父宮が身罷られ、さぞ気落ちなされていることでしょう」

直接話しかけられて、芳宮はそっと会釈した。

すると後ろから右近が小声をかけてくる。

「宮様、直答を……熙顕様にきちんとご挨拶なされませ」

芳宮は驚いたが、右近の言に従って先ほどよりは深く頭を下げた。

「ご心配いただき、ありがとうございます」

「うむ」

熙顕は芳宮が返事をしたことで満足そうに頷く。

何故、熙顕に身分が下のような態度を取らねばならぬのかわからない。

不安が増すばかりで、芳宮は身を硬くしているだけだった。

「宮、一宮が亡くなられ、宮は後ろ盾を失われた。だが心配なさることはない。今後は我を父と思われればよい」

「……はい」

「しかし、まだ幼い宮には酷な話かもしれないが、我がお世話をするからには、今までのご身分のことは忘れていただきたい」

「……身分を……忘れる？」

「そうじゃ。今後は宮を、我が嫡男鬼王丸と同等に扱う。この館から我が屋敷まで通ってこられるもよし、我が屋敷に移られるもよし。鬼王丸と一緒に色々と学ばれるがいいだろう」

「鬼王丸と一緒に？」

芳宮は思わず瞳を輝かせた。

これからは鬼王丸と一緒にいられる。

そう思っただけで、興奮のあまり頬が染まった。

「右近、すべての手配はそなたに任せよう。宮のため、よいようにしてやるがいい」

「ありがとうございます。……宮様も殿様にお礼を申されませ」

右近に促され、芳宮は素直に両手を床について頭を下げた。

「ありがとうございます。これから、よろしくお願い申し上げます」

身分が逆転した違和感は、これからは鬼王丸と毎日一緒だという喜びで、きれいさっぱり消えてしまう。

早く鬼王丸にもこのことを伝えたい。

芳宮はそれだけを思いながら、微笑みを浮かべていた。

†

芳宮が藤原煕顕の屋敷に赴いたのは、翌日のことだった。

右近とともに、迎えの輿に揺られて長い道のりを行く。

天気は上々で、輿の御簾越しに覗く野原は、鬼王丸と野駆けした時と同様に、何もかもが輝いて見えた。

屋敷に近づくにつれて道がきれいになり、民の棲む家々も増えてくる。大通りに達すると賑やかな市も立っていて、人々が忙《せわ》しげに行き来していた。

物珍しさで目を瞠っているうちに、大きな屋敷が見えてくる。

ぐるりと築地を巡らせた屋敷は広大で真新しく、また都の御所にも劣らぬほど雅《みやび》な雰囲気できれいに整えられていた。

輿が門内に進むと、すぐに鬼王丸がそれと知って駆け寄ってくる。

「芳！　来たか。待ってたぞ」

芳宮もまた輿が止まったと同時に、自ら外へと飛び出していた。

「鬼王丸！」

「はは、今日は元気だな、芳」

「うん」

全開の笑みを向けられただけで胸が弾む。けれども何故か急に気恥ずかしさも覚えて、芳宮は頰を染めた。

「屋敷を案内してやろう。さあ、手を出せ」

こくりと頷いて手を出すと、その手をぎゅっと握られる。

そして鬼王丸は芳宮の手を引いて、ずんずん大股で歩き出した。

屋敷の者が大勢貌を見せ、芳宮を出迎える。なかには怖い貌や難しい表情をした者もいたが、鬼王丸が手を握ってくれているので平気だった。

それに庭の隅には、見覚えのある鬼王丸の守り役も控えている。

右近の手配で、芳宮はこの屋敷で三日を過ごすことになっていた。三日後は森の館に帰って同じ日数を費やす。そしてまたこの屋敷へと戻ってくるのだ。

毎日輿で屋敷まで通うのは大変なので、ちょうど半々で暮らすという取り決めだった。右近が付き添うのは初回だけ。右近はたいそう心配していたが、芳宮は平気だった。

鬼王丸がいれば何も怖くない。それに右近がずっと世話をしてくれるなら、母のことも心配なかった。

「これからはずーっと一緒だぞ、芳」

「うん、嬉しい」

「そうか、嬉しいか……おまえはほんとに可愛い奴だな」

何故か照れたように笑う鬼王丸が眩しく見える。

鬼王丸と毎日一緒。

それがどれほど嬉しいか、とても言葉では言い尽くせない。

この日から芳宮の新しい暮らしは始まった。皇族の身分を捨て、藤原熙顕の養い子としての生活だ。

そして幼い芳宮には、この取引のために母が払った代償など、知る由もなかったのだ。

三の章

季節は巡り、北国の大地に再び初夏がやってくる。

芳宮《かおるのみや》が遠く都よりこの地に来て、十年の月日が流れていた。

北国の地を治めるのは藤原煕顕《ふじわらのただあき》の一門。その立派な屋敷のなかで、美しく成長した芳宮はほっとため息をついていた。

「芳、瀬まで泳ぎにいくぞ」

居室として与えられた対屋で書物を読んでいると、いつもどおり遠慮もなく鷹顕《たかあき》がやってくる。

幼名を鬼王丸《きおうまる》といった鷹顕は、十年の間に立派に成長し、見上げるほどの美丈夫《びじょうふ》となっていた。今は鷹顕と名乗りを改め、父である頭領の頼もしい片腕となっている。

「鬼王丸、いつも言っているでしょう。庭からいきなり声をかけないでください。それにまた烏帽子を被っていないのですね」

成人した男子は髪の結い目を見せないのが礼儀だ。冠や烏帽子で隠す。下層の民でさえ布で覆うというのに、鷹顕はうるさがっていつも結び目をさらしている。

しかし、無造作に直垂を着て腰に太刀を佩いただけの姿であるが、男ぶりは相当のものだ。

精悍ながら都の公達《きんだち》にも負けないほど目鼻立ちが整い、粗野な印象はない。鼻筋がすっととおり、目元も涼やか。引きしまった口や眉の形も申し分ない。

そして芳宮は、鷹顕の笑貌《えがお》を見るたびに、何やら幸せな気分になるのだった。

だが、今はその鷹顕がさも嫌そうに鼻に皺を寄せている。

「ますますうるさくなったな、芳……それを言うなら、おまえも同じだろ」

視線を向けられたのは艶やかな黒髪で、芳宮は自然と頬を染めた。

水干を着て、長い髪をひとつに結んだだけなのは、幼い頃と変わらない。けれど、幼少の時すでに抜きん出ていた容貌は、成長とともにさらに磨かれて、まるで現実のものとは思えない。物語の中でも稀《まれ》な美しさだと、皆に噂《うわさ》されるほどとなっていた。

「わたしはまだ元服前ですから……」

芳宮はできる限りさらりと口にした。

「父上はなんだって、おまえの元服をお許しにならないのか……」

ぼそりと吐き出した鷹顕に、芳宮は淡い笑みを浮かべた。

公卿の家でも武家でも、十二、三ともなれば大人の仲間入りをするのが当たり前。芳宮は生まれてまもなく諱を授けてもらったが、元服と同時に名乗りを変えるのが普通だった。

鷹顕の元服は八年前、十二歳の時に行われている。けれど、三歳下の芳宮には、いくら待ってもその音沙汰《おとさた》がなかった。

理由は色々ある。北国に来たばかりの頃は、大人たちがどんな思惑で動いているのか知ることもなかった。しかし、もうすぐ自分も十八歳。生家ではなく、赤の他人の家で育ったせいで、芳宮は通常より敏感に皆の考えを覚《さと》るようになっていた。

鷹顕の父、藤原熙顕は四十を超え、ますます円熟味を増している。豊かな北国を護《まも》ることに関しては洞察も深く、何ひとつ遺漏《いろう》がないように物事を押し進めていた。

今では御所で暮らしていた記憶も薄れたが、自分には帝の血が流れている。その自分の存在が、熙顕にとっては喉に刺さった魚の小骨のように厄介なものとなっているのだ。

豊かな北国を自分の手中に収めておくため、都とはなるべく事を構えない。

いくら忘れられた存在とはいえ、成人した芳宮の後ろ盾となるのは、火種をかかえ込むようなものだ。童形《どうぎょう》ならばいくらでも言い訳が立つが、成人ではそれが叶わない。

熙顕が芳宮の元服を渋っている背景には、そんな事情があった。

「わたしのことはよいのです。今まで育ててくださっただけでもありがたく思っております。母は五年も前に身罷ったのに、それからもずっと面倒をみていただきました」

「そんなの、当たり前だろう」

鷹顕は憤懣《ふんまん》やる方ないといった様子で吐き捨てる。

芳宮はそんな鷹顕を惚れ惚れと見つめた。

三歳年上の鷹顕は頼もしく、子供の頃からずっと憧れに似た気持ちを抱いてきた。

いつか自分も鬼王丸のようになりたい。

自由に野山を駆け廻り、弓や剣、馬の扱いも鷹顕のようにうまくなりたいと。

いくら頑張ってみても、差はほとんど縮まらなかった。けれど、それはそれでよかったのだ。鷹顕がいつまでも先にいてくれるのは、とても嬉しいことだから。

「鷹顕殿、わたしのことはともかく、また縁組みのお話を断ったそうですね。寛季《ひろすえ》殿がぼやいておられました」

芳宮はふと思い出して口にした。

そのとたん、鷹顕の貌がいっそう渋いものになる。

二十歳《はたち》をとっくに超えた今も、鷹顕は妻帯していなかった。元服と同時に豪族の娘を正室に迎えることになっていたのだが、その娘が流行病《はやりやまい》で亡くなってしまったのだ。

それ以来、鷹顕は何故か、降るように持ち込まれる縁談を断り続けている。

これは極めて異例なことだった。

「貴族の姫など、好かぬわ。都風なのは、おまえひとりいればたくさんだろ」

「それはどういう意味ですか？　鷹顕殿はわたしが気に入らないとでも？　それに、おかしいですよ。わたしは男子ですから、嫁に迎える姫と比べるなど」

つい、にらむようにして言うと、鷹顕の貌ににやりとした笑みが浮かぶ。

「おまえは何もわかっておらんな。都から迎える姫がおまえより不細工だったら、がっかりするだろ」

「莫迦なことを……」

呆れた声を出すと、鷹顕がすっと近づき腰をかがめる。

長い指で意味ありげに頬をなぞられて、芳宮は心ならずも赤くなった。

肌を見せたり触れられたりすることに羞恥を覚えなかったのは子供の頃だけだ。今では人が何をされれば恥ずかしく思うのかよく承知している。

「おまえは昔から本当に可愛らしい子供だった。今もそうだ。おまえほど美しい者は他にいないだろう」

「鷹顕……わたしは……そんな」

「芳、おまえが女子だったら、本当になんの問題もなかった。とっくにおまえを嫁に迎えている。おまえが男子だとわかった時、俺がどれほど落胆したか、知っているか？」

「そんなこと、知りません」

芳宮はますます貌を赤らめながら、すねるような調子で応えた。

鷹顕はごく間近で自分の貌を見つめている。眼差《まなざ》しに込められた熱がびりびりと伝わってくるようで、かすかな恐怖すら覚えるほどだ。

視線をそらしてしまいたいけれど、そらせない。

鼓動が狂ったように高まって、苦しくてたまらなかった。

「俺は本気でおまえを伴侶《はんりょ》にしたいと思っている」

低い声で告げられて、心の臓がまたひとつ大きく跳ねる。

芳宮は懸命に肩を上下させて呼気を整えた。

「だから……わたしは女子ではありません。男子ですと、何度も言っているではないですか」

「女子を抱くも男子を抱くも、さほど違いはないだろう」

「な……んということ……っ」

芳宮は頬にさっと朱を散らしながら言い返した。

あまりの暴言に、かっと羞恥が込み上げる。

鷹顗とはこれ以上まともに貌を合わせていられない。

芳宮は闇雲《やみくも》に座を立とうとしたが、一瞬早く鷹顗に腕を捉えられる。

立ち上がりかけていた芳宮はその衝撃で、自然と鷹顗の懐へと倒れ込んでいた。

逞しい腕が絡みつき、しっかりと抱きしめられる。胡座《あぐら》をかいた鷹顗に、しどけなく縋りつくような体勢だ。

「芳」

鷹顗が低い声で名前を呼ぶ。けれど、その声には熱がこもっていた。

澄んだ瞳で食い入るように見つめられる。その視線にも炎のような熱を感じた。

身体中炙《あぶ》られて、焼き尽くされてしまうのではないかと、恐怖を覚えるほどの熱。

それなのに、瞬きすらせずに見つめ返してしまう。

子供の頃、世界への扉を開けてくれたのは鬼王丸だった。

この世がいかに広く美しいか。いかに輝かしいか。

それに、抱きしめられる心地よさを教えてくれたのも鬼王丸だった。

鬼王丸に対する絶対の信頼は、鷹顕と名乗るようになった今も、少しも揺らいでいない。

鬼王丸が、いや、鷹顕が望むなら、なんでも叶えてあげたいとも思う。

けれど、安易に応じてしまえば、結果として鷹顕を不幸にする。

自分を遊女《あそびめ》のように扱うつもりならまだいいが、鷹顕は決してそんな真似をしないだろう。

生母は早くに亡くなったそうだが、鷹顕には異腹の兄弟姉妹が多く、それぞれを可愛がっている。けれども自分はその兄弟たちの誰よりも大切にされてきた。

男が男を伴侶にする。

普通なら一笑に付してしまえる話だ。だが、鷹顕が口にすると、それが冗談では済まなくなる可能性がある。

鷹顕はいずれ、北国藤原一門の頭領となる男。だからこそ、鷹顕の将来のためにも、迂闊《うかつ》なことはさせられない。

「は、離してください。わたしを抱いたとしても、子はできませんから」

芳宮は努めて冷静な声を出しながら、やんわりと鷹顕の腕を押しやった。

「そうだな。おまえを抱いたとしても、子はできぬな」

鷹顕はそう言ったあとで、大げさにため息をつく。

「世迷い言はいい加減にして、よき北の方を迎えられませ。藤原家の嫡流が子もないでは済まされませぬ」

諭すように言うと、鷹顕はまた貌をしかめた。

「俺に子がおらんでも、一族には小さな子らがいっぱいおるわ。それより芳、おまえはいつからそんな賢《さか》しげな口をきくようになった。ほんの少し前までは、俺のあとを泣きながら追いかけてきたものを……つまらんぞ」

「ひどい……つまらんだなんて」

芳宮は子供のように口を尖《とが》らせた。

世の中の仕組みがいかようなものか少しは理解できるようになったが、おっとりと素直な性質は生来のものだ。いくら背伸びをしたところで限度がある。

けれど、それがきっかけで、緊張していた雰囲気が和らぐ。

鷹顕はすっと立ち上がった。

「芳、つき合え。清瀬《きよせ》まで行って水浴びをしよう。大岩の上で、子供の時のように生まれたままの姿で、でかい握り飯を食うぞ」

「わたしはそんな真似、しませんから」

二度目にあの川へ行った時は寛季が一緒だった。鬼王丸の真似をして、自ら裸になろうとしたのを、寛季にやんわりと止められた。

裸で泳ぐのは近隣の村の子らだけだ。分別のある者はむやみに肌をさらしたりしない。そう教えられて、きょとんとなった。

——御曹司は特別型破りなので、なんでも鵜呑《うの》みになさってはいけません。

寛季にはそう言って窘められた。

「素直じゃないな。おまえだって、あの気持ちよさを知っているだろう?」

「裸では泳ぎませんよ? 何かを食べる時にはちゃんと着物を着ます」

「ああ、わかった、わかった。勝手にしろ。とにかく屋敷の中に閉じこもっているだけだと気が滅入《めい》ってくる。まずは野駆けにつき合え。さあ、行くぞ」

すっと差し出された大きな手に、自然と自分の手を重ねる。

包み込むように握られた手の温かさは、子供の頃と寸分違《たが》わぬものだった。

「わかりました。わたしもまいります」

そう応じた芳宮は自然とまた微笑みを浮かべていた。

†

鷹顕とふたり、屋敷の裏手にある厩《うまや》に向かうと、途中で幼い子供たちが五人、鞠遊びをしていた。鷹顕の弟と一族の子供たちだ。

「あっ、芳様だ！　芳様、遊んで！」

誰にでも優しく接する芳宮は、子供たちに慕われている。八歳を頭《かしら》にした子供たちは、わっと芳を取り囲んでしまう。

「芳様、蹴鞠《けまり》教えて」

「芳様、蹴鞠、蹴鞠」

「ごめんなさい。これから出かけなくてはいけないんです。蹴鞠はまた明日にでも」

芳宮は子供たちに目線を合わせるために中腰になって、優しく言い聞かせた。

「どこへお出かけ？　芳様？」

「兄上とご一緒なさるのですか？」

最初は不満そうだった子供たちの関心は、すぐに芳宮の傍らに立つ鷹顕へと移る。純真な瞳には兄に対する尊敬と憧れがいっぱいだった。

「兄上、芳様とどこへ行くのですか？」

「ああ、水練に行く」

鷹顕のひと言で、子供たちがわっといっせいに喚《わめ》き出す。

「兄上！　我らも一緒にお連れください」

「兄上と芳様だけでいらっしゃるなんて、ずるいです」

「一緒にお連れください！」

子供たちは期待で目を輝かせていたが、鷹顕の返答はそっけない。

「連れていくのは芳だけだ。おまえたちは留守番してろ」

「兄上、ひどいです」

「兄上、お願いです」

子供たちは次々にがっかりした声を上げる。

鷹顕は両手を使い、子供たちの頭を順にわしわしと撫でていく。

「駄目だ。鞠遊びなどに興じている子供は連れていかん。それに、せっかく芳とふたりなのだ。おまえたちに邪魔などさせんからな」

「鷹顕殿……それはあまりでしょう」

あまりの言い草に、芳宮は思わず呆れ声を出した。

子供たちを可愛がっていないわけではない。しかし、これではなんだか鷹顕のほうが子供のようだ。

鷹顕は芳宮の言葉には少しも頓着せず、さらに子供たちを叱咤《しった》する。

「軟弱な者は藤原一門の男子とは言えんぞ。おまえたちの守り役はどこへ行った？　もっと弓や剣の稽古をせよ。それに清瀬へ連れていくのは、もっと馬を巧みに乗りこなせるようになってからだ。いいな？」

子供たちは泣きそうな目になるが、その底にあるのはやはり尊敬と憧れの輝きだった。

ゆくゆくはこの兄が藤原一門を率いる頭領となる。鷹顕は見栄《みば》えもよく、また誰もが認める器量を兼ね備えている。

子供たちの気持ちは芳宮が持つものと少しも変わりなかったのだ。

いつか自分も鷹顕のようになりたい。追いつけないまでも、少しでも近づきたい。そして鷹顕が頭領となった時、自分こそが一番近くでその支えになりたい。

「兄上、行ってらっしゃいませ！」

「兄上も芳様も、お気をつけて」

子供たちは素直にふたりを解放し、手を振りながら見送ってくれる。

芳宮は先に歩き出した鷹顕の背を追った。

築地をぐるりと巡らせた屋敷内は、かなりの広さがある。基本は寝殿造りだが、政庁も兼ねているため必要に応じて建て増しを繰り返したとのことで、複雑な構造となっていた。

厩へ向かう途中、子供たちの他にも大勢の武士と行き合う。直垂を着て頭に烏帽子を被った者もいれば、勇壮に武具の音を響かせている者もある。

藤原は武門の家。主従ともに雅な遊びに明け暮れていた公卿とはまったく異なっていた。

鷹顕はその藤原一門の中心的な存在だ。そして、藤原の禄《ろく》を食《は》む者たちの期待はますます増しているようだった。

「おお、御曹司。どこへお出かけか？」

「清瀬まで行く」

「水練か？」

「おおよ」

厳《いか》つい貌をした年配の武士に声をかけられて、鷹顕が威勢よく応じる。

「殿の御用を言いつかっておらねば、わしもぜひお供させていただくところだが」

「止《や》めておけ、止めておけ。清瀬の水はまだ冷たい。年寄りにはきつかろう」

「御曹司！　わしはまだ年寄りというほどではないわ。御曹司のような雛《ひな》にはまだまだ後《おく》れを取るつもりもござらん」

嚙《か》みついた老武士だが、皺深い貌に満面の笑みを浮かべている。

ここにも鷹顕の存在を心から嬉しく思っている者たちがいるのだ。

鷹顕は高らかに笑いながら歩を進め、ようやく厩に達する。

「若、お出かけですか？　疾風のご用意、万端に整っております」

鷹顕の長身を認めたと同時に、若い郎党が走り寄ってくる。

片膝をついた郎党にちらりと目をやり、鷹顕は自ら厩へと入っていった。

頑丈な木枠で仕切られた中に、十数頭の駿馬《しゅんめ》が並んでいた。宗家の武士が乗る特別な馬だ。

それぞれの枠内は居心地よく整えられ、どの馬もゆったりと過ごしている。

「おい、芳の馬はどうだ？」

鷹顕は疾風の手綱を取りつつ郎党を振り返った。

その時にはもう郎党が芳宮の馬を曳き出しにかかっていた。

若い葦毛《あしげ》の馬は藤原の牧で鷹顕が自ら選んでくれたものだ。

芳宮は郎党から手綱を受け取り、馬の背を優しく叩いた。

白い体毛に薄く浮かぶ斑《まだら》模様が美しい。鬣《たてがみ》も銀色に輝いている。

——これほど芳に相応《ふさわ》しい馬はないな。

そう満足げに言いながら『銀月《ぎんげつ》』と名付けたのは、他ならぬ鷹顕だった。

幼い頃には自分の馬で野を駆け廻るなど想像もしていなかった。だが、鷹顕の教えで、今では芳宮の腕も相当のものになっている。

「さあ、行くぞ、芳」

「はい」

芳宮は短く答えながら、銀月の背に身軽に飛び乗った。

幼い頃は鷹顕の助けがなければ、馬になど乗れなかったが……。

鷹顕の疾風は年齢を重ね、さらに威風堂々誇り高い馬となっていた。人馬一体となって疾駆する姿には本当に惚れ惚れしてしまう。

芳宮は鷹顕に従い、屋敷の裏門から外へと銀月を駆けさせた。

北国にはまた気持ちのいい季節が巡ってきている。

からりと晴れた空は目に染みるような青さ。野山は一面の緑に覆われている。

昔はこんな広い世界があることを知りもしなかったが、今は鷹顕と一緒に駆け廻っている。

馬の扱いは上手となったが、まだまだ鷹顕に敵《かな》うものではない。それでもさほど遅れずについていけるのが何よりも嬉しい。

芳宮は胸いっぱいに幸せを感じながら、前を行く鷹顕を追いかけた。

野良仕事に精を出す村人たちを見かけると、鷹顕は馬の歩みを止めて気軽に声をかける。

「近頃はどうだ？　作付けはうまくいっているか？」

鷹顕に気づいた村人たちは手にした道具を放り出し、すぐさま近くまで集まってきた。

「おお、御曹司。本当にご立派になられたものじゃ。ご一門が揺るぎなくこの国を護ってくださるゆえ、今年もいい収穫が期待できそうです。ありがたいことです」

「そうか、何よりだな」

「御曹司、今日は芳様とご一緒か。まだ嫁はお取りにならぬのか？」

「芳よりきれいな娘がいるなら考えよう」

鷹顕はここでも冗談ぽく言ってのける。

「それは……難しい注文じゃの」

村人にじいっと貌を見られ、芳宮は自然と頬を染めた。

「鷹顕殿の言うことなど、いちいち真に受けてはなりませんよ？　我が儘ばかり言うのですから」

「それはないぞ、芳」

間髪入れずに口を挟んだ鷹顕を見て、村人がいっせいに笑い声を上げる。

村人が明るく気儘な態度を取っているのは、鷹顕を敬愛しているからだ。鷹顕のほうも一見粗野に見えて、実はなかなかにこまやかな神経をしている。頻繁に野駆けに出かけるのは、自分の楽しみが第一であることは間違いないが、一方では民の暮らしぶりを直接見聞するという目的もあるのだ。

清瀬と呼ばれる場所に着き、鷹顕が上機嫌で疾風から飛び降りる。

芳宮も銀月を横に並べ、するりと大地に滑り下りた。

二頭の馬は勝手に川辺へと寄っていく。その間に鷹顕はもう直垂を脱ぎにかかっていた。

「芳、おまえも早く脱げ。泳ぐぞ」

鷹顕はそう言いながら、惜しげもなく陽に焼けた肌をさらす。

逞しい裸体をちらりと目にしただけで、芳宮は頬を染めた。

成長してもどこかひ弱さが残る自分と比べ、鷹顕は本当に男らしくなった。

衣をまとっている時は細身に見えるのに、なめらかに隆起した肩や胸を持ち、本当に見応えがある。

いつまでも細いばかりの貧弱な身体は見せたくない。

とっさにそんな欲が出て、芳宮は一瞬鷹顕とともにここへ来たことを後悔した。

「何してるんだ、早くしろ、芳」

鷹顕はそう声をかけただけで、すたすたと川縁《かわべり》へと歩いていく。

芳宮はその後ろ姿をまた惚れ惚れと眺めながら、水干と袴を脱ぎ落とした。

すべてをさらすのは気が引けるので、肌小袖は脱がずに鷹顕のあとを追う。

ざばざば水に入っていくと、えもいわれぬほどの心地よさだ。

川面《かわも》は煌《きら》めき、空にはぽかりと白い雲が浮かんでいる。子供の頃、初めて連れてきてもらった時と同じように清々《すがすが》しく美しい自然があった。

ここでの暮らしは何物にも代えがたいと思う。鷹顕が傍にいて、広い世界を自由に動き廻れるだけで、どれほど嬉しいか。

最初は怖いと思い、父宮や母を亡くした時は心細くてたまらなかった。だが、鷹顕はどんな時もずっと傍にいてくれた。

鷹顕と一緒に、いつまでもこの暮らしを続けたい。

自分には後ろ盾もなく、他に抜きん出るような才もない。それでも、いつか鷹顕が頭領となった時は、ほんの僅かでも役に立てるようになりたい。

そして、ずっと鷹顕の傍らにいる――。

それだけが、今の芳宮の望みだ。

「ああっ」

考え事に耽《ふけ》っていた芳宮は、いきなり水の中に引き込まれ、鋭い声を上げた。

いつの間に近づいていたのか、川底から芳宮の細い足首をつかんだのは鷹顕だった。

だが、こんな悪戯《いたずら》は子供の頃に散々経験がある。

泡を食ったのはほんの一瞬で、芳宮はすぐさま体勢を立て直した。水中で身体を丸め、必死に鷹顕を向こうへと追いやる。

しばらく揉《も》み合ったのち、水を飲むこともなくぽかりと川面に貌を出す。

「……ふ、……不意を襲うとは卑怯《ひきょう》なっ!」

「油断していたおまえが悪い」

「もうっ……子供じゃないんですから……っ」

芳宮はにやにやしている鷹顕を思い切りにらみつけた。

何故かむずむず腹が立って、芳宮はばしゃりと手を掻いて鷹顕の貌に水をかけた。

「何をする?　おまえのほうが餓鬼《がき》みたいじゃないか」

「悪いのは鷹顕だ」

それからはふたりして童心に返ったようにふざけ合った。

水をかけ、それから相手の隙《すき》をついて、川底に引き込む。逃げ惑い、あるいはしつこく追いかけて、本当に子供のように遊んだ。

散々動き廻ってさすがに息が上がり、最後は互いにもつれ合ったままで岸辺に上がる。

自然とよじ登ったのは、あの大岩だった。

「おまえはなかなかすばしこくなったな」

「なんですか、今さら」

「触ると壊れてしまいそうな姫君だったおまえが、元気になったものだと感慨深い」

鷹顕は大岩の上にごろりと大の字で長身を横たえる。

芳宮は横に座ったままで、水に濡れた鷹顕を見守った。

「だがな、あの頃の芳は本当に掛け値なしに可愛らしかったが、今は少々つまらん」

「何がつまらないんですか？」

芳宮はそう訊ね返しながら、つんと顎を上げた。

「昔のおまえは俺の言葉に言い返したりなどしなかった。なんでも素直に言うことを聞いたものだ」

「わたしは世間知らずだっただけです」

「昔は、股間の可愛らしいものをぎゅっと握ってやっても文句ひとつ言わなかったものを、今ではそうやってきれいな肌まで隠そうとする……実につまらん」

昔の恥ずかしい件を持ち出され、芳宮はかっと首筋まで赤くした。

何か気の利いた切り返しをと思うが、すぐには言葉も出てこない。

鷹顕はにやりと口元をゆるめながら、逞しい上半身を起こした。

肩に手を廻されて、赤くなった貌を間近で覗き込まれる。

「芳、前言は撤回しよう。おまえはやっぱり可愛いままだ。肌小袖さえつけていれば恥ずかしくないと思っているのだろうが、逆だぞ」

「え？」

「いくら股間を隠そうと、見所は他にもいっぱいある」

「見所？」

芳宮はふと細い眉をひそめた。

鷹顕は子供の時と同じように意地の悪い笑みを見せている。

「小袖が水に濡れたせいで、胸の可愛らしい実が透けている。直に目にするより何倍もそそられるぞ」

鷹顕の言葉に芳宮は息をのんだ。

自分の胸に視線を落とすと、確かに淡く色づいた粒が透けている。

「あっ」

芳宮はかっと頰を染めながら、急いで両腕を交差させた。

けれど、一瞬早く鷹顕の手で、その動きを止められる。

「隠すな、芳」

「た、鷹顕……っ」

両手をぐいっと広げられ、さらされた胸をじっと見つめられた。

鷹顕の視線を浴びると、よけいにその部分を意識させられる。濡れた布地の下でちりっと先端が疼く気がした。

意識したとたん、何故だか、かあっと身の内まで熱くなっていく。

「……芳……」

掠《かす》れたような声で名を呼ばれると、ぶるぶると瘧《おこり》のように身体も震えた。

「や……鷹顕……もう、離して……っ」

涙まで滲んできそうになり、芳宮は懇願した。

「駄目だ。許さん」

「あっ」

唐突に両手を離される。だが、次の瞬間にはしっかりと抱きしめられていた。

濡れた小袖が間にあるせいで、よけいにぴたりと密着している気がする。

泳いだばかりだというのに、逞しい身体は熱かった。

「芳……やはりおまえは誰にもやれん。俺だけのものだ」

激しい言葉とともに、ますます鷹顕の腕に力が入る。

次に感じたのは首筋の痛みだった。

耳の下の窪《くぼ》みに鷹顕の口が張りつき、きつく吸い上げられたのだ。

「……っ」

吸われた場所が焼けただれたように熱を持ち、ずきずきと疼き始める。

熱はあっという間に全身に及び、胸が恐ろしいほどの動悸《どうき》を刻んだ。

どうしていいかわからなかった。

鷹顕はまるで別人になったかのように荒々しい雰囲気をまといつかせている。

無体《むたい》をする鷹顕を押しのけたかった。

なのに、抱きしめられていることが嫌じゃない。

どうしようもなくて、芳宮はじわりと涙を滲ませた。

そうして、その涙がぽろりと頬に伝わった時、唐突に抱擁を解かれる。

「おまえはやっぱりまだねんねだな、芳……このぐらいで泣くな、莫迦が」

鷹顕の長い指で乱暴に頬の涙を拭《ぬぐ》われる。

鷹顕を包んでいた怖いほどの熱っぽさはすでに薄れていた。仕方なさそうに大きく嘆息する男は、芳宮がよく知っている鷹顕だ。

「鷹顕……」

ほっと息をつきながら名前を呼ぶと、いつもどおり優しげな目で見つめられる。

鷹顗は常々冗談のように自分を伴侶にすると言っている。

けれど、今のように鷹顗を怖いと思ったことはなかった。

できればいつまでも、このままの関係でいたいと思う。

何かが変わってしまえば、もう元どおりにはなれないだろう。

そして、自分がもし鷹顗の望む変化を受け入れたら、幸せだった日々も終わりになる気がした。

四の章

北国は北の果て、都の者からは蝦夷が棲む地と呼ばれ、蔑《さげす》まれることが多かった。

けれどもその認識は誤っている。この日の本のどこを探しても、北国ほど豊かな国は他にないからだ。

都では先《さき》の帝がお隠れになったあと、芳宮《かおるのみや》の父の代わりに東宮となられた二宮《にのみや》が帝位に即かれた。しかし一年もしないうちに病を得て、一の皇子に位を譲られたという。だがその新帝も、三年目に突然の流行病で亡くなられてしまったのだ。

世間では、悲運の一宮《いちのみや》と元大納言藤原頼尚《ふじわらのよりなお》の怨霊《おんりょう》に祟《たた》られたという噂もあったそうだ。

先帝にはまだ皇子がなかったため、次に位を継がれたのは、父宮の異母弟に当たるお方だった。しかし、まだお若い帝は生まれつきお身体が弱く、帝位に即いてからずっと伏せっておられるらしい。これもまた一宮と藤原頼尚の無念が禍《わざわい》しているのだと、都では大々的な祈禱も行われたという話だ。

政《まつりごと》は上皇様が執《と》り行っておられるが、すでにご高齢。東宮はまだ決まっておらず、公卿たちがまた権力争いをくり返しているという。

都の様子が北国に知らされるのは、商いを行う者たちに依《よ》るところが多い。北国では国司の藤原熙顕《ただあき》が宋との交易に力を入れ、彼《か》の国から珍しい物品が届く。都ですら手に入らないものが、この北の国には溢れている。それゆえ商人たちは長い道のりをものともせず、貪欲《どんよく》に行き交っていた。

けれど、どんなに都が騒がしかろうと、ここはやはり北の国。帝の代替わりなどどうでもいいことのように穏やかな暮らしが続いていた。

そんなある日のこと、頭領の屋敷に珍しく都からの来客があった。しかもその客は頭領ではなく、芳宮を訪ねてきたのだ。

「芳、おまえに客だ。そのままでいいから俺と一緒に来い」

わざわざ部屋まで呼びにきたのは直垂姿の鷹顕《たかあき》だった。

男ぶりは堂に入ったものだが、相変わらずひとつに結んだ髪をさらしている。

「わたしに、ですか？」

芳宮は首を傾げつつも茵から立ち上がった。

北国に来て以来、都とは完全に疎遠になっている。母の実家である元大納言家とも、今はなんのやり取りも交わしていない。乱が失敗に終わったのち、残った者たちは都の片隅で息を潜めるように暮らしているとだけ聞いていた。

もちろん芳宮に連絡を取ろうとする者もいない。また、芳宮が最初に暮らしていた荘園も、今は他の公卿のものになっている。

いったい誰が訪ねてきたものか、まったく見当がつかなかった。

「お客様、とは、どなたですか？」

鷹顗はすでに渡殿を歩き始めている。その背に向かって芳宮はさりげなく訊ねてみた。

「どこぞの公達らしいが、嫌な野郎だ」

鷹顗は振り返りもせず、容赦のない答えを返す。

「鷹顗殿……待って」

芳宮は慌てて鷹顗の袖をつかんだ。

相手が公達だというなら、まともな格好をしたほうがいいだろう。宮中ではないのだから、束帯《そくたい》とまでは言わないが、それに準じるきちんとした直衣を着たほうがいい。せめて小直衣《このうし》か狩衣。今のように童と同じ、麻を洗いざらした水干に、後ろでひとつに結んだだけの髪では、失礼に当たる。

「なんだ、芳？」

鷹顗はようやく振り返ったが、見るからに機嫌の悪そうな貌つきだ。

「少し待ってください。着替えます」

「そんな必要はない」

「でも、高い冠位をお持ちかもしれない方に、この格好ではお目にかかれません。有職故実《ゆうそくこじつ》も知らぬ田舎者よとそしられます」

芳宮の言葉に、鷹顕は苛立《いらだ》たしげに眉根を寄せる。

「有職故実だと？　そんなもの、この北国では誰も気にせんわ。芳、おまえ、都からの客だと聞いて、舞い上がっているのか？」

鷹顕の怒りがどこに向かっているのかに気づき、芳宮は慌てて首を左右に振った。

「違います。わたしのことではありません。藤原家がそしられてはならぬからです」

必死に説明すると、鷹顕はふんと鼻を鳴らす。

「そんなもの、どうでもよいわ。おまえはその姿でも充分に美しい。どこへ出しても恥ずかしくはない。格好など気にするな」

鷹顕はそう吐き捨てたものの、芳宮を宥めるように手を伸ばし、頬に触れてくる。

ここまで言われては、もう逆らえなかった。

幼い頃に叩き込まれた決まり事は、十年経っても身体に染みついている。しかし、ここは都ではない。北国だ。自分の身は今、ここにある。鷹顕が気にするなというなら、北国の流儀に従うまでだ。

それに鷹顕が着ている直垂も、あくまで武家での平服の扱いだ。自分ひとりが装束を改めたとしても、なんの意味もなかった。

「わかりました。このままで行きます」

芳宮が素直に応じると、とたんに鷹顕の機嫌がよくなる。

長い渡殿を歩き、客がいるという部屋に向かう。

「芳様、どうぞ、こちらです」

芳宮を出迎えたのは、鷹顕の守り役だった寛季《ひろすえ》だ。役目を解かれてからも、ずっと鷹顕の傍近くで仕えていた。

だが、昔と変わらず謹厳な忠義者の貌が、緊張のためか強ばっている。

芳宮はこくりと頷いて、衝立《ついたて》の向こうへと歩を進めた。

上座に当たる場所にゆったり腰を下ろしていたのは、直衣姿に立烏帽子《たちえぼし》をつけた、まだ若い公達だった。きれいに整った貌立ちをしており、ただ座っているだけでも雅な雰囲気を醸している。

いったい誰なのだろう？　何をしに来たのだろうか？

芳宮の胸に兆《きざ》したのは、かすかな不安だった。

けれど、すぐ隣には鷹顕がいるのだ。何も怖いことはない。

思い直した芳宮は軽く会釈して、その公達の前へと進んだ。

適度な間を取って座ろうとすると、その公達がすっと畳座の茵から立ち上がる。

「芳宮様でいらっしゃいますね？　大変ご無礼をいたしました。どうぞこちらへ」

公達はそう言ってさりげなく上座を指し示す。

芳宮の身分を考え、今まで自分が座っていた場所を譲ろうというのだ。

「あの……わたしは……」

芳宮はためらいがちに呟いた。

藤原家の養い子となって以来、生まれながらの身分はなくなったも同然だった。今の格づけは鷹顕と同列、いや、その少し下といったところだ。

公達はそんな事情を知らず、あくまで自分を皇子として扱おうというのだろう。

しかし、この場でどうやって事情を説明したものか、すぐには判断がつかない。

だが、芳宮の逡巡《しゅんじゅん》を、一瞬にして断ち切った者がいた。

鷹顕だ。鷹顕はなんのためらいも見せず、堂々と明け渡された上座についたのだ。

「なんということを……」

公達の口からかすかに漏れた呟きに、芳宮はどきりとなった。

これでは鷹顕が侮られてしまう。

「鷹顕殿」

窘めようと口を開いたと同時、その鷹顕がさっと手を上げる。

「芳、おまえもこっちに来い。俺の隣に座れ」

「でも……」

「いいから早くしろ、芳。客人をずっと立たせたままにしておくのは失礼だ」

鷹顕は悪びれたふうもなく言ってのける。

手招きされた芳宮は、子供の頃からの習慣で、無意識に鷹顕の言に従った。

鷹顕の隣に座ってちらりと公達を見ると、呆れたような貌になっている。

芳宮はさすがに恥ずかしく思ったが、もう取り返しはつかなかった。

公達は仕方なさそうに下手《して》に座り込み、両手をつけて頭を下げる。

ここでいらぬ騒ぎを起こす愚を弁《わきま》えているのだろう。その後、よどみなく挨拶を始める。

「芳宮様におかれましては、長い間のご不自由なお暮らし、さぞおつらいことでしたでしょう。わたくしは中将、藤原真親《さねちか》、恐れながら芳宮様の遠縁に当たる者でございます」

「藤原真親……殿？」

芳宮が判然と訊ね返すと、真親はすっと伏せていた貌を上げる。

やわらかな微笑を浮かべた真親は、真っ直ぐに芳宮だけを見つめていた。

隣に座している鷹顕のことはまったく無視。頭を下げたのも、ただ芳宮に対して礼を守ったにすぎない。そう言わんばかりの態度だ。

「宮様にはお目にかかったことがございます。宮様はお小さくていらしたので、ご記憶かどうか……鴨川で一宮様が船遊びをなされた折、また狩りをなされた時のことでございます」

真親の言葉で、脳裏にはすぐさま楽しかった思い出が蘇《よみがえ》った。

父宮の周りにはいつも大勢の人々が集まっていた。芳宮のために呼び寄せられた子供もたくさんいた。

目の前にいる真親も、あの楽しかった催しに集っていたのだろうか。

「覚えていらっしゃるようですね。あの折は我が父、寿親《ひさちか》の冠位もまだ低く、宮様に直接お声をかけることは叶いませんでした。しかし、遠くで拝見した宮様のお可愛らしいお姿、今でも目に焼きついております」

「そうでしたか……」

「あの時、宮様はいっせいに飛び立った鳥に驚かれ、お付きの女官の袖をぎゅっと握っておられました。それに狩りの時もです。宮様のすぐ傍に兎《うさぎ》が飛び出してきて、びっくりされておられたお姿が本当に稚くて」

懐かしげに語る真親に、芳宮は自然と微笑んでいた。

覚えている。確かにそんなことがあった。

それでは、この人もあの場にいたのだ……。

真親は、鷹顕よりやや年上に見える。となれば、年長の子供たちと一緒だったのだろうか。

いずれにしても、思い出を共有しているというだけで、真親を見る目が変わる。

堅苦しい都からの客人という印象が、とても懐かしい人が訪ねてきてくれたという感慨に変わるのはわけもなかった。

けれど、ほっこりとなった空気に水を差したのは鷹顕だった。

「昔の思い出もけっこうだが、わざわざ北の果てまでやってこられた目的をお訊きしよう」

冷ややかな声が響き、芳宮はびくりとなった。

そっと様子を窺うと、鷹顕は泰然と構えているだけだ。

精悍に整った貌には特別なんの感情も見えなかった。気分を害しているというわけではない。都からの客人に怒っているわけでもない。

敬意を表するという態度ではないが、最初にさっさと上座についた以外、不作法な真似もしていない。そして真親に阿《おもね》るふうも見せていなかった。

冠位は明らかに真親のほうが上。しかし鷹顕はそれを認めていない。かと言って、自分のほうが偉ぶるような真似もせず、ごく普通に訪問者を迎えたという態度だ。

「宮様へのご挨拶が済んでから事情を明かそうと思っていたが、郷に入りては郷に従えという言葉もある……お見受けするに、藤原熙顕殿がご嫡男鷹顕殿ですな？　我は右大臣藤原寿親が第三子、真親にござる。北国へと赴いたのはあくまで家内の事情にて、長い間野放しだった荘園の検分にまいった」

真親もまた、話の腰を折られて怒りを見せるでもなく、淡々と語る。

この北国には公卿が所有する荘園が多く点在する。そのほとんどを実際に管理しているのは、北国藤原家だ。

「荘園の検分……なるほど、当家に任せきりにせず、自ら検分にお出《い》でになるとは見上げたお心がけ。用が済まれるまで、当家にゆるりと滞在されるがいい」

「その申し出、ありがたくお受けしよう。荘園の館は荒れ果てているうえ、ご機嫌伺いに宮様をお訪ねするにも不便。正直なところ助かりました」

真親は屈託のない調子で答える。

芳宮には、両者ともなごやかに見せつつ、裏では火花を散らし合っているように思えた。

鷹顕のことはよく知っているが、真親のことはわからない。しかし、雅な見かけによらず、磊落《らいらく》な一面も持っているらしい。

もう少しこの人と話してみたい。

芳宮は自然とそんな想いを募らせていた。

†

都からの来客、真親の世話を申しつけられたのは寛季だった。

鷹顕によってあっさり終了させられた感のある最初の会見を終え、芳宮はひとり自室に戻ってきた。そのあとを慌てた様子で寛季が追ってきたのだ。

「芳様、申し訳ございません。御曹司より、中将様の接待を仰せつかりました。少しお力をお貸しくださいませ」

寛季の厳つい貌には情けない表情が浮かんでいる。

都人《みやこびと》の接待をどうこなしていいものか、頭が痛いのだろう。

実直な寛季は、極めて武士らしい男だ。雅な物事にはまるで縁がない。

芳宮は微笑ましく思いながら、言葉を返した。

「寛季……何も気負うことはないと思います。公な御用ではないのですから、決まり事にとらわれず、心を尽くして差し上げればよいのではないですか？」

「しかし芳様、わたくしめには荷が勝ちます。大殿《おおとの》のお留守をいいことに、若は何を考えておられるのか……」

寛季はほとほと困り果てたといったように嘆息する。

「大殿は今日も寺社のほうにお泊まりなのですか？」

大殿とは北国藤原氏の頭領、熙顕のことだ。

ふと思いついて訊ねると、寛季が神妙な貌で頷く。

「本当にご熱心ですね」

さりげなく応えつつ、芳宮は頭領の風貌を思い浮かべた。

熙顕は、このところ熱心に寺社の造営を行っている。この屋敷を中心に、何箇所も同時に寺社が建てられている最中だった。

熙顕はすべて人任せにすることをよしとせず、自ら工事の采配《さいはい》を振るうこともあると聞いている。

そして熙顕の留守を預かっているのが嫡男の鷹顕だった。

「大殿にはすぐに遣いの者をやりました。しかし、留守は任せてあるのだから、若に指示を仰げと、それだけです。何事にも向き不向きというものがござる。手前のような無骨者に接待役などと……若は何を考えておられるのやら。もしや、積年の恨みを晴らそうとしておられるのではないかと疑いたくなります」

「積年の恨みって……寛季はそんなに鷹顕殿に恨まれているのですか？」

「はあ、それはもうたいそうに……若がやんちゃをなさった時は容赦なく拳固をお見舞いさせていただきましたので」

大仰に貌をしかめた寛季に、芳宮はくすりと忍び笑いを漏らした。

その現場なら、芳宮も何度か目撃している。

しかし、鷹顕と寛季ほど、深い信頼と固い絆《きずな》で結ばれた主従はいないだろう。

寛季ならきっと滞りなく接待の役目をこなす。鷹顕はそう信じているのだ。

「お手伝いできそうなことがあれば、なんでも言ってください」

「ありがとうございます。頼りは芳様だけでございます」

だが、寛季とそんなやり取りを交わしている最中に、手に何かを携えた小者が庭先にやってくる。

「申し上げます。こちらを芳様に差し上げるようにと」

芳宮の立つ縁の下、地面に両膝をついた小者は恭《うやうや》しく手にしたものを差し出した。

「扇?」

芳宮は何気なく呟きながら、小者から扇を受け取った。

少し開きぎみにした上に立葵《たちあおい》の花が一輪挿してある。

「もしかして、真親様からですか?」

「さようでございます」

小者の言を聞いて、芳宮は心を浮き立たせた。

この扇にはおそらく真親が読んだ歌が認めてあるのだろう。

小者が下がっていったあと、芳宮は注意深く立葵の花を外して扇を広げた。

そこには想像どおり墨痕《ぼっこん》も清々しく、雅な歌が書きつけてある。

やんごとなき身でありながら、寂しくお暮らしの方をお慰めしたいと思いましたが、こちらも都を遠く離れた身。せめてこの花が慰めになればいいのですが。

そんなことを歌ってあった。

「お逢いしてすぐに歌をいただくとは、嬉しいものですね」

芳宮は傍らで控えていた寛季に、ふわりとした笑みを向けた。

歌のやり取りなど、北国に来てからはすっかり忘れていた。

「拝見できましょうか?」

「どうぞ」

芳宮は寛季にそっと扇を渡した。

幼い頃には散々仕込まれた。季節を追い、相手を思いやり、自らの心情も素直に表す。赤《せき》裸《ら》々《ら》な言葉ではなく、歌はそのすべてを雅な雰囲気に包み込んで相手に伝えるものだ。

歌を読みつつ、寛季は感心したように、うーむと唸《うな》っている。

芳宮の頭は、真親にどんな歌を返すかでいっぱいになっていた。

気遣われたことに対して素直に感謝しつつ、田舎暮らしも捨てたものではないのですよ。あなたもどうか楽しんでくださいませ。

歌に盛り込むのはこんな内容だ。

芳宮は御簾の内に戻り、静かに端座して目を閉じた。

歌を作るのは本当に久しぶりなので、気の利いた言葉がすぐには浮かばない。けれども、歌のことだけを考えていると、何故だか気分も落ち着いてくる。

ふと思い浮かんだ発句《ほっく》を口にしようとして、芳宮ははっと振り返った。

「ふん、これが都流か……糞《くそ》の役にも立たんな」

寛季から扇を取り上げ、そううそぶいたのは鷹顕だった。

「若、なんということを」

寛季は長年の習慣からか、すかさず窘めにかかる。

しかし鷹顕は扇にちらりと目を走らせただけで、いかにも莫迦にしたように鼻を鳴らした。

「ふん、女子をものにするにはいいやり方だな。だが、扇に歌を書きつける能はあっても、あんな生白い男では馬にも乗れまい」

いきなりの悪口に、芳宮は眉をひそめた。

「鷹顕殿、真親殿は中将。武士とは違います。馬に乗る必要もないでしょう」

「芳、おまえ、あいつの肩を持つ気か？　あんな奴、どこがいい？」

「少なくとも、真親殿は大人です。馬には乗れても、駄々をこねる童とは違いましょう」

「なんだと？」

芳宮が言い返したせいで、目に見えて鷹顕の機嫌が悪くなる。

「それに真親殿の歌は本当に風雅で心を打たれます。鷹顕もそれを読んで、少しは見習ったらいいでしょう」

止めておけばよかったものを、芳は何故か無性に腹立たしくなって鷹顕をさらに怒らせる言葉を口にしてしまう。

「こんなもの」

短く呻《うめ》くように言った鷹顕は、次の瞬間、ぱちりと音高く扇を閉じ、あろうことか後ろに大きく投げつける。

「あっ、何を！」

「若！」

揃って抗議の声を上げた芳宮と寛季に、鷹顕は文句があるかとでも言いたげに腕を組んだ。

はっと気づけば、扇につけられていた立葵の花が、その鷹顕の足で踏み潰《つぶ》されている。

「ひどい……っ、花に罪はないのに……」

芳宮は呆然と散らされた花を見つめた。

鷹顕が渋々足を引いたので、急いで残骸《ざんがい》と成り果てた花を拾い上げる。

何故か不意に悲しくなって目尻に涙が滲んだ。

「若、いつまでも子供のような真似をなさるな。芳様が可哀想でござろう」

「揃いも揃って、俺がわざと花を潰したとでも思っているのか？」

憮然と言い返した鷹顕を、寛季は鋭く見据える。

「扇を投げつけられたのは若でござろう」

「ふん、もうよい！　知らんわ」

寛季にやり込められた鷹顕は、それこそ子供のようにくるりと後ろを向き、足音も大きく立ち去っていく。

花を潰したのは、わざとではなかったのかもしれない。でも、真親から歌を送られたことを、鷹顕はよく思っていない。

都を懐かしく思っただけだ。鷹顕にもその気持ちをわかってほしかった。だから、思わず反撥してしまって……。

その結果がこれとは悲しすぎる。

鷹顕を見送った寛季は、大きく息をつきながら芳宮を振り返る。

「芳様、芳様も男子ならば、このようなことでお泣きになってはなりませんぞ」

「ごめんなさい」

寛季は自分のことも鷹顕と同じように扱ってくれる。その気持ちが嬉しくて、芳宮はまたひと筋涙をこぼした。

「さあ、返歌をされるのでしょう？　できましたなら、わたくしめがお届けにまいりましょうぞ」

「ありがとう、寛季」

寛季に慰められて、芳宮はようやく微笑んだ。

目を上げると、実直な寛季も厳つい貌に笑みを浮かべている。

「若は男ぶりで彼のお方に負けたので、むしゃくしゃしておられただけでしょう」

「寛季にかかっては、さすがの鷹顕も赤子同然ですね」

「はい、若には散々手を焼かされましたので、多少は扱いの壺《つぼ》を心得ております。何かありましたら、わたくしが敵《かたき》を取って差し上げましょうほどに、安心されるがよろしい」

寛季の言葉に、芳宮はくすりと声に出して笑った。

「では、お返しに、寛季が困った時はわたしが味方すると約束しましょう」

「おお、それは心強い。よろしくお願いいたしますぞ」

芳宮にとって鷹顕の存在は、何にも代えがたいものだった。

しかし、鷹顕だけではなく、寛季もまた心から自分に尽くしてくれる。

ひとりではない。信頼できる者たちが傍らにいる。

それこそが芳宮にとっての元気の源だった。

†

藤原家の客となった真親は、日に何度も歌を送ってきた。

芳もそれに応じた歌を返す。

まるで宮中での恋語りのように楽しく心弾むやり取りだった。

鷹顕もさすがに悪いことをしたと思っているのか、あまり頻繁に姿を見せない。

そうして何日かが過ぎた夜半、真親自身が芳宮の部屋まで訪ねてきたのだ。

「もっと早くお目にかかりたいと思っておりました。しかし、お心をお騒がせするのも忍びなく……今宵は十六夜《いざよい》が美しい。それにかこつけ、ようやく宮様の御前にやってまいりました」

真親は芳宮を上座に据え、丁寧に両手を揃えて平伏する。

観月の誘いだと察し、芳宮は近侍《きんじ》の者に酒肴《しゅこう》の用意を命じた。それと同時に月明かりの邪魔にならぬように、燈籠の火を落とさせる。

真親は雅な狩衣姿だ。鷹顕と比べ、荒々しさはどこにもない。典雅に整ったきれいな貌に、柔和な笑みを浮かべている。さりげなく檜扇を持つ手の先まで優美で、歌の才能もある。都でもさぞ評判の公達なのだろう。

芳宮のほうは相変わらず洗いざらした水干を着ているだけだ。

けれども気後れしそうな己を叱咤して、ゆるりと真親に応じた。

「訪ねてきてくださって嬉しく思います。昔のことなど、またお聞かせくだされば……」

「こちらこそ、同席をお許しくださって嬉しく思います」

真親は親しげだったが、芳宮の身分を決してないがしろにはしない。あくまで皇族として立てようとする。

藤原家で長く過ごす間に、身分のことなどいっさい気にしなくなっていたが、丁寧に接してもらうのは心地がいいものだ。

蔀戸は開け放したままになっている。御簾を払えば、真親の言葉どおり、空に白々と十六夜の月が上り始めていた。

「とてもきれいな月だ」

「こうして都を遠く離れた場所で、宮様とご一緒にこの月を眺められるとは光栄です」

「都を離れて何年も経ちます。今はどんな様子でしょうか？　そうは言っても、わたしは御所の中しか知らなかったのだけれど……」

芳宮が遠慮がちに訊ねると、真親はすぐに心情を察して、面白おかしく都の様子を語り始める。

それはまったく知らないことばかりだったが、調子のいい語り口に芳宮は思わず笑みを誘われた。

こうして都を知る者と打ち解けて話すのは、何年ぶりだろう。

真親の訪問は、早くに亡くなった父宮や、北国でも数年一緒だった母と右近《うこん》のことも思い出させ、せつない気持ちにもなった。

「宮様のお寂しさをお慰めするのに、よろしければ笛などひと節奏でましょうか？」

「ええ、ぜひ」

芳宮の言葉に頷いて、真親は懐からすっと笛を取り出した。

歌口に形のいい口を当てると同時に、優美な音が響く。

冴《さ》え渡った月の輝きを愛《め》でる調べは、どこか物悲しく、胸に染み入るようだった。

「美しい笛でした。……よければ、わたしも琴など」

ふと思いついて口にすると、真親は嬉しげに身を乗り出してくる。

「おお、それはぜひともお聴かせください」

芳宮は軽く頷いて、控えの者に琴を用意させた。

母が亡くなり右近が生国へと去ってからも、管弦の稽古は続けてきた。熙顕の厚意で鷹顕と一緒に師についていたのだ。

しかし鷹顕は時折才能の閃《ひらめ》きを見せるものの、稽古には不熱心で、いつも師を嘆かせていた。長じてからは琴に触れる機会も減ってしまったけれど、今宵は特別だ。

都を去ってからも、自分は藤原家で大切に育てられた。琴を奏でることで、真親にもそれを知ってもらいたい。

芳宮は静かに琴を爪弾《つまび》き始めた。

そうして冴え冴えとした月が中天に上るまで、琴や笛を楽しむ。

「宮様がこれほどのお腕前だとは、想像もしておりませんでした」

「褒められるような腕ではありません」

はにかんだ芳宮に、真親が不意に真剣な目を向けてくる。

真親との距離は身の丈ほどもある。それでも何故か背筋がぞくりとなった。

「宮様、どうか都にお戻りください」

「……都、に？」

「はい、亡き一宮様は高雅なお姿、深い学識、ご器量、人望とも、天下第一であられたと聞き及びます。わたしにとっても一宮様は憧れでございました。宮様は一宮様の忘れ形見。このような鄙で埋もれていていいお方ではございません」

胸がどきりと不穏な音を立てる。

「……でも、わたしは……」

喘《あえ》ぐように口にすると、真親がさりげなく膝を進めてくる。

「宮様……どうかご安堵ください。わたしが宮様を都にお連れします。どうかすべてをわたしにお任せください」

衣が触れ合う距離まで詰めてきた真親は、芳宮の耳に口を寄せて低く吹き込む。

芳宮は小刻みに震えた。

真親は、そんな芳宮の袖を押さえ、さらに密やかに囁いた。

「大丈夫ですよ、宮様。宮様のことは、この真親がお守りします」

どきんとひときわ大きく心の臓が跳ね上がる。

続けて思ったのは、この話、絶対に鷹顕に聞かせてはならないということだった。

五の章

芳宮《かおるのみや》は起居している西の対屋《たいのや》で、ほうっとため息をついていた。

濃蘇芳《こきすおう》の指貫《さしぬき》に、浅緋《あさきひ》の単《ひとえ》、その上から、淡青《うすきあお》の表地に紅《くれない》の裏地を重ねた狩衣《かりぎぬ》をまとっている。夏の重ね色目《いろめ》は、芳宮の若々しい美貌《びぼう》を引き立て、これに烏帽子《えぼし》を被《かぶ》れば、都でも評判となっていただろう。しかし残念なことに、芳宮の長く艶《つや》やかな髪は背中でゆるく結わえてあるだけだ。

蔀戸《しとみど》を開け放ち、御簾《みす》も巻き上げてあるが、昼下がりの暑さはかなりのものとなっている。几《つくえ》の上に広げているのは、歌を書き写すための短冊《たんざく》だったが、暑さでぼうっとなっているせいか、なかなかいいものが思い浮かばない。

真親《さねちか》はほとんど一日置きに芳宮を訪ね、その合間にもまめに歌を送ってくる。芳宮も洒脱《しゃだつ》な真親に逢うのが楽しみで、また送られた歌にもいつも心を慰められていた。

すっかり忘れられた存在である自分のことを、気にかけてもらえるだけで、素直にありがたいと思う。そのうえ、昔懐かしい風雅な遊びに興じる喜びも思い出させてもらった。

寄せられた好意に応《こた》えるためにも、あまり返歌を待たせたくはない。

しかし、ふとした拍子に、幾日か前に真親から囁《ささや》かれた言葉を思い出してしまう。

――わたしが宮様を都にお連れします。

あれは本気だったのだろうか。それとも、単なる戯《ざ》れ言《ごと》か……。

北国《ほっこく》に落ち延びてきて以来、十年余りの年月が経《た》った。

これまで都に帰りたいと思ったことはない。でも、真親から都の様子を聞かされるたびに、懐かしく思うのは事実だ。それに、都にはまだ自分の親族が残っているはずで、逢ってみたいとも思う。

たとえば、藤原《ふじわら》のお祖母様《ばあ》……。まだ息災にしておられると教えてくれたのは真親だ。すでにご高齢ゆえ、今を逃《のが》せば二度とお逢いできぬかもしれない。叶《かな》うなら、母上の最期のご様子などお聞かせして、少しでもお慰めしたい。

それに宮中にも、ずいぶんと可愛がってくれた人々がいる。もしお目にかかれる機会があるならお逢いしたいと思う。

しかし、芳宮の胸にあったのは、あくまで一時的な帰京だ。

何故《なぜ》なら、都には鷹顕《たかあき》がいないから――。

精悍《せいかん》な貌《かお》を思い浮かべたと同時に、またため息が出る。

いつまでも、ずっと傍《そば》にいられればいいけれど、それは本当に許されることなのだろうか。

鷹顕はいずれこの国の国司となる。藤原一門を率いる頭領となるのだ。

自分はその傍らにあって、鷹顕の手助けをしたい。

そんなふうに単純に思っていたけれど、それなら自分にいったい何ができるのかとなれば、まったく自信がない。

鷹顕と一緒に教えを受けたにもかかわらず、剣や弓はずっと後《おく》れを取ったままだった。寛《ひろ》季《すえ》はお上手《じょうず》になられたと褒めてくれて、大抵の者には勝てるぐらいですとも宥《なだ》めてもらった。鷹顕と比べるからいけないのだと。

だが、その鷹顕からは、おまえには闘争心がないから駄目だと、最初から相手にされていない始末だ。

そんな状態で、鷹顕のためどう役に立つのだと問われると、答えようもない。

それに、このところ徐々に高まっている鷹顕の婚姻の話題。

今朝方も、渡殿《わたどの》の途中で密やかに噂《うわさ》をしている者たちがいた。

鷹顕がなかなか北の方を迎えないのは、芳様に遠慮してのことだ。

芳の姿を見たと同時に、その者たちはぴたりと口を閉ざしたが、その後いかにもばつが悪そうに目をそらしていた。

自分が鷹顕の足を引っ張るなど論外だ。鷹顕には早く北の方を迎えてほしいと思う。

けれども、実際にそうなった時のことを想像すると、何故だか胸の奥がきりきりと痛くなってくるのだ。

どうしようもなく脇息《きょうそく》に凭《もた》れ、またため息をついた時だった。

っている。

「芳、どうした？　ため息などついて」

「えっ、あ……っ」

ぼんやりしていた芳宮は、いきなり現れた鷹顕に目を瞠《みは》った。

いつもどおり身軽な直垂《ひたたれ》姿だ。藍《あい》のみで染めた深縹《ふかきはなだ》が涼しげで、精悍な鷹顕によく似合

芳宮はしばし目を細めて鷹顕の姿に見入った。

「どうした？　今日は少しおかしいぞ」

「あ、いえ……」

芳宮はほっと息をつきながら首を振った。

何日か前に小さな諍《いさか》いを起こしたが、少しも気にしていない様子に安堵《あんど》する。

「暑気あたりじゃないか？　こんなところに閉じこもりっぱなしで何をしていた？」

鷹顕はそう言いながら、芳宮から几の上へと視線を移す。

何をしていたのか、答えるまでもなく気づいたのだろう。

鷹顕の表情に、僅《わず》かに苛《いら》立《だ》ちが混じる。

「またあの男か……」

「……真親殿です。歌を貰《もら》いましたので、返歌を……」

明らかに機嫌を悪くした鷹顕に、芳宮は切れ切れに説明した。別に悪いことをしたわけで

もないのに、言い訳めいた言い方だ。

「歌を送るだけじゃなく、あの男はおまえを頻繁に訪ねてくるとも聞いたぞ」

「……はい……真親殿は、わたしのことを何かと気遣ってくださって……」

「ふん、あの男のことだ。高貴なお生まれの宮様が、このような田舎《いなか》で苦労なされているとは、なんとお労《いたわ》しい……とでも言っているのだろう」

辛辣《しんらつ》な口調に、芳宮は一瞬どきりとなった。

真親はまったく同じことを何度も口にしている。

「でも、鷹顕殿、真親殿は別に悪意があって、そう言っているわけではなく」

「おまえの機嫌を取ろうとしての言葉、だろ？」

鷹顕は芳宮の言葉に耳を貸すでもなくたたみかけてくる。

「言っておくが、あの男は、裏で何かを企《たくら》んでいるぞ。おまえの機嫌を取るのも、その企みを成功させようとしてのことだ。世間知らずのおまえなど、手玉に取るのは容易《たやす》いこと。騙《だま》されるなよ、芳」

悪辣《あくらつ》な言葉を連ねる鷹顕に、芳宮はさすがに眉《まゆ》をひそめた。

普段なら、こんなふうに一方的に上から押さえつけるような物言いはしない。

それに、何度か貌を合わせただけの人間を悪く言うなど、誰にでも親しく接する鷹顕にしては珍しかった。

芳宮はじっと鷹顕を見上げ、静かに口にした。

「……真親殿はいい方ですよ？　お願いですから、そんなふうに言わないでください」

言ったとたんだった。

「なんだと？」

鷹顕が鋭く叫びざま、いきなり腰をかがめて芳宮の両肩をつかむ。

芳宮はそのまま勢いよく敷物の上に引き倒された。

「あぁっ！」

脇息が横に転がって、几の上の短冊と硯《すずり》もがたんと落ちてしまう。

鷹顕は両肩をつかんだまま、上からのしかかってきた。

「いい方だと？」

つかまれた肩には恐ろしいほどの力がこもっていた。あまりの痛さに悲鳴を上げてしまいそうだ。

鷹顕の貌が間近に迫り、ぎらぎらとした目で、すべてを喰《く》らい尽くすかのように見つめられる。

芳宮はぶるりと背筋を震わせた。

怖い。こんな鷹顕は見たことがない。

鷹顕を怖いと思ったのは、最初に出合った時だけだ。なのに、今は何故か鷹顕を恐ろしい

と思う。

組み伏せられても抵抗ひとつできない。圧倒的な力の差をまざまざと思い知らされる。鷹顗の重みを跳《は》ね返すどころか、横に身体《からだ》をねじって逃げることも叶わなかった。

「た、……鷹顗……」

唇を震わせながら呻《うめ》くように名前を呼ぶと、鷹顗の瞳がさらに危険な光を宿す。

左肩にあった手がすっと動いて、顎《あご》をがっちり捕らえられた。

鷹顗は芳宮を押さえ込んだままで、すっと精悍な貌を近づけてくる。

今にも唇が触れてしまいそうな距離まで詰められても、息を殺して見つめているしかなかった。

「いいか、芳」

押し殺した低い声に、心の臓が狂ったように高鳴る。

「あ……」

芳宮は胸を大きく喘《あえ》がせた。

何故か身体の芯で火が灯《とも》ったような熱さを感じる。得体の知れない甘い疼《うず》きまで生まれて、今度は自分自身が怖くなる。

ふざけて触れ合うことなど、今までにいくらでもあった。

けれど、芳宮は本能で感じていた。

今は絶対に動いてはならない。

ほんの少しでも身動《みじろ》げば、その瞬間、何かが変わってしまいそうな気がする。

だから息を詰め、瞬《まばた》きもせずに、ただ鷹顕の瞳だけを見つめ続けた。

緊張が高まるなかで、鷹顕が掠《かす》れた声を出す。

「芳、これ以上あの男を近づけるな。おまえは俺のものだ。他の男に気を取られることは許さん」

芳宮はろくに反論することもできず、ただ魔に魅入られたかのように鷹顕の強い視線を受け止めるだけだった。

†

翌日のこと。

藤原《ふじわらの》鷹顕は父熙顕《ただあき》の供をして、小高い丘の階《きざはし》に立っていた。

眼下には、完成に近づいた五重の塔が見えている。

造営中の寺は広大な敷地を持ち、照りつける陽射しの下で大勢の人足が忙《せわ》しそうに行き交っていた。

偉容を誇る寺は巨大なだけではなく、恐ろしく綺羅《きら》なものだ。本堂や五重の塔の壁には金箔が多用され、そこに陽の光が当たると、目を眇《すが》めずにはいられない輝きを放つ。

まさに、北国藤原一門の威光を見せつけるために存在しているようなものだ。

しかも、工事はここだけではなく、藤原の都城を中心として、あちこちで同時に行われているのだ。

鷹顕は父には気づかれぬように、胸の内でため息をついた。

人々の信仰の拠《よ》り所《どころ》として、寺社が必要なのはわかる。

立派な寺を建立《こんりゅう》することで、藤原一門の名を世に知らしめる。藤原の力を世に示せば、迂闊《うかつ》に攻め入ろうとする輩《やから》もいなくなる。戦《いくさ》がなければ民《たみ》も潤う。そして民が潤えば、藤原もまた力を増す。

父の熙顕が寺社の建築に力を注ぐ理由は正しく理解しているつもりだ。

しかし、立派な寺はいいが、何もかも金色《こんじき》というのはいただけない。

金箔の多用にも確固とした理由はある。父は、北国で金が豊富に産することを天下に誇示しようとしているのだろう。

「鷹顕、どうだ？　あの塔が完成した姿が想像できるか？」

「はい、充分に……」

鷹顕は隣に立つ父に、短くそう答えた。

満足そうな笑みを向けた熙顕は今なお若々しく、とても四十を超えたようには見えない。

直垂に烏帽子を被り、太刀《たち》を佩《は》いた姿には力が漲《みなぎ》っていた。上背《うわぜい》は僅かに鷹顕のほうが勝る。だが、男ぶりとなると、いい勝負だ。

「なんだ、不満げな貌をしているではないか」

「いえ、そういうわけでは」

ちらりと貌を覗《のぞ》かれて、鷹顕はすかさず返答した。

たとえ不満があったとしても、父に逆らうなど考えられなかった。

今の自分ではまだ力不足。端《はた》からはさぞ自信満々に見えるだろうが、鷹顕は案外冷静に己の力量を見極める目も持っていた。

父にはまだまだ敵《かな》わない。それが正直なところだ。

「隠すな鷹顕、そなたの考えなぞ聞かんでもわかっておる。金色だらけになるのが気にくわんのだろう」

熙顕は余裕で鷹顕をからかいにかかる。

いささかむっとなりながら、鷹顕は父をにらみつけた。

「父上が必要だと思われたなら、間違いはないのでしょう。ただ、こう何もかも金ぴかなのは趣味じゃない。それだけです」

「趣味の違いか……そうじゃな。それだけのことかもしれん。だが、世の中には案外金色が好きな者が多いのも事実」

含《も》みを保たせた言葉に鷹顗ははっとなった。

父が思い描《えが》く北国の将来が垣間見《かいまみ》えた気がしたのだ。

「父上はまさか……この地を都にするつもりか？」

不甲斐《ふがい》なくも声が掠れる。

熙顗はにやりと不敵に笑っただけで、何も答えなかった。

だが、それこそがまさに肯定の印だと、鷹顗は背筋がぞっと震えるのを感じた。

熙顗は息子から、再び眼下の五重の塔へと視線を移す。

「そう言えば、都から人が来ているそうだな」

唐突に話題を変えられて、鷹顗はまたむっとなった。

芳宮を訪ねて来た公達《きんだち》が気にくわない。金色の寺と一緒で、理由もなく嫌いだった。いや、理由はある。あの男が芳宮をかまい、芳宮もまた懐いているようなのが気にくわない。

昨日の芳宮との衝突を思い出すと、今でも腹の底が煮えそうだ。

しかし鷹顗は、高まる腹立ちをねじ伏せて、冷静な声を出した。

「右大臣家の真親殿。兄ふたりを飛び越えて、権《ごん》の中将《ちゅうじょう》になられたとか」

「右大臣家、権の中将殿、とな……」

父は何かを思い出そうとしてか、ふっとまぶたを閉じる。

鷹顗はその様子を窺《うかが》いつつ報告を続けた。

「荘園《しょうえん》の検分。ついでに芳の様子を見にきたとのことでした。寛季に接待を命じましたが、根を上げそうでしたので、今は俊顕《としあき》兄にもお願いしております」

「ふむ、俊顕ならばこうしたことに向いておろう。しかし、最初の人選が寛季とは、何を考えておるのじゃ？　……いや、答えにくいことは言わんでいい」

熙顕はそう言って苦笑する。

生真面目《きまじめ》で融通の利かない寛季を接待役にしたのは、いけ好かない公達にさっさと引き揚げてほしいからに他ならない。

父はその意図に気づき、面白《おもしろ》がっているのだ。

しかし肝心の客はかなり強《したた》かで、事は思惑《おもわく》どおりには運ばなかった。中将はずうずうしく長期逗留《とうりゅう》の構えで、毎日芳宮の対屋に通っては風雅な遊びに興じている。

本当は、芳宮が懐いているのが一番気にくわない。だが、それはあくまで個人的な好悪だ。

「権の中将の役にありながら、わざわざ北国まで足を伸ばしたのには、おそらくなんらかの目的があるのでしょうが、いまだに腹の底は見せません。都が騒がしいのはいつものことだが、何を企んでいるのか……」

鷹顕はできる限り感情を抑えて口にした。

「そうか……その者、しばらく逗留するならちょうどいい機会だ。そなたも都風のやり方を教えてもらえ」

「冗談ではない。真《ま》っ平御免《ぴらごめん》です！」

即行で断ると、熙顕がとうとう声を立てて笑い出す。

鷹顕は憮然《ぶぜん》と父の様子を見守った。

そうして父が笑いを収めた頃に改めて問い質《ただ》す。

「父上……いったい、何を考えておられるのです？　我らは冠位など意に介さぬ。それが父上のお考えだとばかり思っておりましたが……」

「ふむ……基本はそれに違いないが、我らとて今のままというわけにはいくまい。そろそろ次の段階に進むべき時だ」

「次の段階？」

「そうじゃ。そして鷹顕、その筆頭となるべきは、そなたしかおらん。武士としての器量はすでに充分過ぎるほど備えておる。剣、槍、弓、馬、どれを取っても、一門の者は誰ひとりそなたに敵うまい。武力だけではない。いささか短気なところは残っているが、広い視野を持ち、洞察力もなかなかのものだ。民を思いやる優しさもあり、度量も大きい。そなたが頭領となった時、我が藤原一門はさらに大きく飛躍することだろう。鷹顕、期待に応え、よくぞここまでになってくれた」

珍しく手放しで褒められて、鷹顕は居心地の悪い思いをさせられた。普段、あまり言葉を尽くすほうではない父が、やけに饒舌《じょうぜつ》になっている。

「それで父上、我に足りないものが都風のやり方だとでもおっしゃりたいのですか?」

「うむ、わかっておればそれでよい」

父はそれきりで黙り込む。あとはただ目を細めて五重の塔を眺めているだけだ。

うまくしてやられた気分で、鷹顕は眉根を寄せた。

都風のやり方を習得せよとは命令だった。やんわりとした口調とは裏腹に、逆らうことは許されない。

父は夢や空言《そらごと》ではなく、本気でこの地を都にするつもりのようだ。

それも決して遠い日のことではない。都風のやり方を学べというのは、間近に迫ったその日に備えておけとの示唆《しさ》に違いなかった。

鷹顕はふとここにはいない芳のことを思い浮かべた。

昨日気まずいやり取りがあったばかりで、一日経った今も、まだ胸の奥がざわついている。

幼い頃に初めて逢った時から、芳宮の存在は特別だった。

稚《いとけな》い微笑《ほほえ》みに魅せられ、これほど可愛らしい者は他にいないと思い、芳宮を守るのは自分の役目だと固く信じてきた。

しかし昨日、芳宮を薄縁《うすべり》の上に押し倒した時、身の内を襲ったのは強い情欲だった。

重ねた衣を剝《は》ぎ取って、白い肌を剝《む》き出しにする。手や指で触れ、口でも余すところなく嘗《な》め尽くす。そして芳宮のもっとも深い部分に、己の猛《たけ》ったものをねじ込んでやる。

そのまま細腰《ほそごし》をかかえて芯から揺さぶってやれば、芳宮はどんな貌を見せるのか……。

あらぬ妄想にとらわれて、芳から手を離すのにひと苦労した。

本当に、芳宮が女子《おなご》でなかったことが惜しまれる。芳宮が女子であれば、なんの問題もなかったのだ。

いくら高貴な生まれでも、今の芳宮が頼りとするのは藤原家だけだ。そして、その藤原は自分が継ぐ。

芳宮が女子ならば、即刻嫁に迎えて、朝晩絶え間なく抱くことも可能だったのだ。

鷹顕自身には男女の別などどうでもいいことだったが、周りがそれを許さない。

父は芳宮に対する執着を見抜いているだろう。しかし、面と向かって叱責《しっせき》されたことは一度もなかった。

何故なら、芳宮は帝《みかど》の血を引く特別な存在だからだ。

北国のためならいくらでも冷徹になれる父は、芳宮の存在もひとつの手駒《てごま》と考えているのかもしれない。この地を都にするために、芳宮をおおいに利用するということも考えられる。

だからこそ父は、鷹顕の執着も見て見ぬ振りをし続けているのだろう。

いずれは藤原の頭領となる。

周りの期待に応えるためだけではなく、鷹顕自身もそう決意している。

だが、何もかも父と同じには考えられない。

自分はどういう道を進むのか。しかと見極めるべき時は間近に迫っていた。

そして、芳宮に対する気持ちにも決着をつける必要がある。

このまま優しく見守り続けるだけにするか、それとも芳宮の意思を無視しても、押さえつけて己のものにしてしまうか……。

眼下の景色を眺めつつ、鷹顕はいつまでも考え続けていた。

†

「鷹顕殿、お戻りになられたか。待ちかねておった」

このところ毎日のように通っている寺から戻り、裏門に疾風《はやて》を乗り入れたと同時に、慌ただしく声をかけてきた者がいた。

「兄上、どうかされましたか？」

鷹顕は鷹揚《おうよう》に訊《たず》ね返しながら、疾風の背からゆったりと地に下り立った。

一門の者には珍しく、狩衣を着た細身の男は藤原俊顕。父熙顕が外で作った子供だ。鷹顕より二歳年長だが、元服後に藤原家に入ったため、万事に控えめな態度を貫《つらぬ》いている。

嫡男の鷹顕には常に気を遣い、わざわざ「殿」をつけて呼ぶほどの徹底ぶりだ。

正直なところ鷹顕は、この陰気な兄をあまり好きではなかった。もちろん分け隔てをするつもりはないが、あまりにも謙《へりくだ》った態度を取られると逆に苛立ちが募ってくる。

「鷹顗殿、少し話があるのだが……」

「なんですか？」

「いや、ここではちょっと……」

あたりを憚《はばか》るように声の調子を落とされて、また苛立ちに襲われる。

主筋の者同士が話し合っていれば、郎党《ろうとう》は皆、遠慮するものだ。それによほどのことでない限り、家中で秘密を持つ必要もないだろう。

「それでは、兄上がよいと思われる場所で、話を聞きましょう」

鷹顗は募る苛立ちを抑えて促《うなが》した。

「すまない……では、こちらへ」

先に立って歩き出した俊顗は、広大な庭を突っ切り、泉水《せんすい》の傍の泉殿《いずみどの》へと鷹顗を誘導する。

あまりの念の入れように辟易《へきえき》したが、鷹顗は辛抱強く俊顗が話し出すのを待った。

東屋《あずまや》の中の床几《しょうぎ》に腰掛けて腕を組む。それでようやく俊顗が重い口を開いた。

「実は、話はふたつあるのです」

「ふたつ？」

「ひとつは中将様のこと」

「あれの目的はわかったか？」

すかさず訊ねると、向かい側に腰を下ろした俊顕が重々しく頷《うなず》く。

「今、都では左大臣家が何かと幅をきかせておられるとのこと。上皇様も苦慮されているそうにございます」

鷹顕は面白くもない話に、じろりと俊顕を見やった。

そんなことは先刻承知だ。わざわざ報告が必要なほどの話題ではない。

今の左大臣は、芳宮の父と祖父を死に追いやった元の右大臣。我が世の春と浮かれているのは当然だろう。それに公卿が権力争いを繰り広げるのも珍しいことではない。

しかし、俊顕はいつまでも鷹顕の返答を待っている様子だ。

「上皇か……余命幾ばくもないとの噂も聞くが……」

ぽつりと呟《つぶや》くと、俊顕は我が意を得たりとでも言いたげに、にやりと口角を上げた。

「中将様は、その上皇様をぜひともお助けしたいとの意向です」

「上皇を助けるだと？　そんなことをしてなんの意味がある？」

鷹顕がつい莫迦にしたような声を出すと、俊顕のほうは心底呆れたように目を剝く。

「鷹顕殿、中将様は上皇様をお助けすると言っておられるのです」

「だから、今にも死にそうな上皇を助けることに、なんの意味があるのだと訊《き》いている」

「そ、それは……」

鷹顕の言葉がよほど予想外だったのか、俊顕はそのまま口を閉ざした。

鷹顕のほうもそろそろ限界が近づいている。いい加減本題に入ってもらわないと、本気で俊顕を押しのけてしまいそうだ。

じっと見据えていると、俊顕もなんとか己を取り戻して息をつく。

「鷹顕殿、我ら藤原一門は、都より蝦夷《えみし》と呼ばれ、蔑《さげす》まれております。しかし、ここで上皇様をお助けする手伝いができるなら、その評価も変わろうというもの。中将様にもっと近づいて話を聞いてもらえませぬか」

「兄上」

あの男に毒されたのか、それとも俊顕は大局の読めない莫迦《ばか》なのか……。

これが他の弟たちを相手なら、ひと言怒鳴りつけるだけで話が済んだ。しかし、俊顕が相手だと、自分のほうにも多少の遠慮があってそう簡単にはいかない。

「話はふたつあるということだったが？」

とにかく最後まで言わせるしかないと、鷹顕は続きを促した。

「……中将様の遠縁に当たる方に、美しい姫君がおられるとのこと。そのお方を鷹顕殿の北の方にいかがかと、内々にお話がありました」

「どこの遠縁か知れたものではなかろう」

心底うんざりと吐き出すと、俊顕は慌てたように身を乗り出す。

「いや、中将様は私用で北国に立ち寄られただけ。それゆえ鷹顕殿に直接話をするのは失礼に当たると申され、遠慮しておられるのです。とにかく、一度ゆっくり腹を割って話したいと、そう仰《おお》せで……」

中将とは油断のならぬ男。

鷹顕は改めてそう思った。

ただでさえ芳宮のことで苛ついているのに、さらにそれを増幅させるような話……。

だが、父の意向もあり、都に関することは無視するわけにもいかなかった。

「で？　真親殿は俺にどうしろと？」

「鷹顕、逢ってくれるのか？」

やっと呼び捨てにされたはいいが、どこか卑屈な兄に、鷹顕は鷹揚に頷いた。

「では、早速、これより案内しよう」

俊顕は喜色を浮かべて床几から立ち上がる。鷹顕は仕方なくそれに従った。

藤原の屋敷内は広く、いくつもの建物が建っている。だが、俊顕が向かっているのが芳の棲《す》む西の対屋だと知って、またぞろむかつきが戻ってきた。

「中将様は、芳様を訪ねておられる最中でしょう。中将様は笛の名手。恐ろしく冴《さ》え渡った楽《がく》を奏でられます。芳様の琴の音もなかなかのものにて、おふたりで管弦を楽しんでおられるのを端で聴いているだけでも、天に昇ったような心地になる」

「そうか……」

鷹顗は夢中にしゃべる俊顕に、短く答えた。

腹の中が煮えくりかえっているようだ。

芳宮には、あの男に気を許すなと釘を刺したばかりだ。それなのに、性懲《しょうこ》りもなく招き入れているとはどういうことか。

「さすがと申すべきか……都育ちの方々は、我ら田舎者とは違いますな」

都人《みやこびと》と田舎者……それはおおいに違うだろう。

しかし、歌を吟じて楽を奏でる。それが多少上手《じょうず》であることがそんなに大事かと疑問に思わずにはいられない。鷹顗に言わせれば、たかが歌、たかが楽だ。なのに、いちいちご大層に、と思わずにはいられない。

その嫌悪がいったい何から生じているのか、鷹顗はわかっていながらも、簡単に認めたくはなかった。

そして、まるで図ったかのように、芳宮の部屋から雅《みやび》な調べが聞こえてくる。

「おお、また合奏しておられるようだ。なんと、美しい音色か……」

俊顕はすでに夢見心地に近い表情だが、鷹顗は眉間《みけん》に皺《しわ》を寄せずにはいられなかった。

その時、不意に楽の音がやみ、それに続いてふたりの忍《しの》びやかな笑い声が響いてくる。

鷹顗の胸を貫いたのは、明らかな焦燥だった。

芳が自分以外の男といて、楽しげに笑っている。

そう思っただけで、胸の奥が焦げるようだ。

「くそっ」

鷹顕は傍の俊顕には覚《さと》られぬ程度に悪態をつき、わざと足音を高く響かせながら、御簾の向こうへと入っていった。

「た、鷹顕……っ」

芳宮が一番に気づいて驚きの声を上げる。

茵《しとね》の上に座した芳が一瞬困ったような貌になったのを、鷹顕は見逃さなかった。

これではまるで、ふたりして何かよからぬことをしていたようではないか。

「秋遊《しゅうゆう》……ですか……気の早いことだ」

鷹顕は努めて冷ややかに、ふたりが奏していた楽曲の名を口にした。

じろりと真親に目をやると、いかにも意外だと言いたげな貌をしている。

雅なものにはまったく素養のない田舎者。鷹顕のことをそう侮《あなど》っていたのだろう。だから、楽曲の名を当てたことで驚いているのだ。

鷹顕が憮然となったのは、芳宮もまた同じように黒い瞳を見開いていたことだ。

「都ではなんでも先取りするのがいいとされております。今はまだ暑い盛り。早く涼しい風が吹いてくれぬものかと、期する意味もある」

最初の驚きから立ち直った真親は、柔和な笑みとともにさらりと解説した。

風雅なことに関しては、真親のほうが絶対に優位。それを知らしめるためか、子供にものを教えるような口調で、腹立たしいことこの上ない。

しかし、真に怒りを覚えるのは、まったく別のことだった。

「お呼びと聞きましたが……？」

鷹顕はさりげなくそう持ちかけながら、当然のような貌で芳の隣に座り込んだ。

真親は芳の身分を尊重しているので、最初から下手《しもて》に座していた。そこからさらに下った場所に俊顕が腰を下ろす。

「しかし、さすがですな。まさか、秋遊までご存じとは思いませんでした。鷹顕殿は、都には？」

真親は、鷹顕の苛《じ》立ちを知ってか知らずか、なかなか本題に入ろうとしない。

こちらを焦らして密かに喜んでいるのかと、鷹顕はますますうんざりとなった。

芳宮は険悪な成り行きになることを恐れているかのように、眼差《まなざ》しを揺らしている。

「はっきり申し上げよう。俺には悠長な遊びに費やす時間などない。貴族の嗜みとやらにも興味はない。これといって話がないならば、引き揚げさせてもらおう。あなたの接待は、そこにいる我が兄に任せてある。行き届かぬことがあれば、なんなりと申されよ。それに芳……もだ。真親殿には心を開いている様子ゆえ」

鷹顕はそう言いながら、ちらりと芳に視線を向けた。

目が合うと、芳は必死に何かを訴えかけてくるかのような様子を見せる。

喧嘩《けんか》はしてくれるな。

中将にはもっと快く接してくれ。

そう懇願されている気がして、ますます苛立ちが強くなった。

「御曹司《おんぞうし》には、ずいぶんと嫌われてしまいましたな」

真親はそう言って、わざとらしく檜扇《ひおうぎ》を口に当てる。

やんわりとした言葉で様子を見つつ、相手の腹を探る。

こういうはっきりしないやり取りが、鷹顕は一番嫌いだった。

父の命もあり、多少は譲歩するつもりでいたが、我慢にも限度というものがある。

「それで？　もう立ち去ってもよいのか、それとも話を続けられるか？」

鷹顕は思いきり冷ややかに言ってのけた。

「待ってください、鷹顕殿。そう性急なことを言っては、真親殿もお困りです」

慌てたように口添えしてきたのは芳宮だった。

最初から、真親の肩を持つだろうことはわかっている。けれど、許せることでもなかった。

「芳……昨日、俺が言ったことを覚えているか？」

氷のように冷え切った声を出すと、芳宮が懸命に首を振る。

「でも鷹顕殿、あんまりです。どうしてこんな不作法な真似をなさるのですか？　これでは真親殿の立つ瀬がないでしょう。真親殿は、あなたと打ち解けたいと思っておられるだけなのに……っ」

芳宮は目尻《めじり》に涙を滲《にじ》ませながら訴えてくる。

泣かせたいわけではないのだ。それどころか、芳宮に泣かれると、こちらまで胸の奥がきりきりと絞られたような心地になる。

鷹顕は高ぶる気持ちを抑えきれず、つと立ち上がった。

都ぶりを学べという父の命を思い出す余裕もなく、完全に負けた気分だった。

「ま、待ってください、鷹顕っ」

芳宮が慌てたように座を立ってくる。

直垂の袖《そで》までつかまれ、鷹顕は仕方なく立ち止まった。

背後からは口調を改めた真親の言葉もかけられる。

「わたしからもお願いしよう。話を聞いていただきたい」

鷹顕はおもむろに振り返った。

茵にどかりと座り直すと、はらはらと成り行きを見守っていたらしい俊顕の貌にも安堵の表情が浮かぶ。

芳宮もほっとしたように、鷹顕に並んで腰を下ろし、ようやく話し合いの場が整った。

長い袂《たもと》を後ろに払って居住まいを正した真親が、おもむろに口を開く。

「こちらとしても、お忙しい鷹顕殿を煩《わずら》わせるのは本意ではない。お望みどおり、単刀直入に申し上げよう」

鷹顕は黙って頷いた。

そして、どんな表情も見逃すまいと、ぴたりと真親に視線を固定する。

「言葉を飾る必要はない。思うことを申されよ」

「では……」

真親はそこでちらりと芳宮を見やってから、再び言葉を続けた。

「他でもない、芳宮様のことです。宮様を京にお連れしたいと思っております」

「京に、だと？　……莫迦な……」

鷹顕は呻くように漏《も》らした。

いずれ何か言ってくるだろうとは思っていた。

芳宮を都に連れていきたい。

そう言い出す可能性もあるとは思っていた。

しかし、こうも堂々と宣言されるとは予想外の成り行きだ。

「莫迦なことではありません。芳宮様は今上帝《きんじょうてい》の甥《おい》に当たられるお方。いつまでも、このように都を遠く離れた地にいらしてよいお方ではないでしょう」

「芳を都から追い出したのは誰だ？　芳が都にいては都合が悪い。そう思った摂関家、それに便乗した皇家の方々ではなかったか？」

あまりにも勝手な言い草に、鷹顕は思わず反論した。

じろりとにらんでやっても、真親は涼しげな表情を崩さない。

傍らに控えた俊顕ですら、眉根を寄せているというのに、鷹顕の怒りなどどこ吹く風といった様子だ。

「不幸な出来事があったのは、もう昔のこと。今の都では誰も芳宮様を悪く言う者はおりま
すまい。むしろご苦労された宮様をお気の毒だと思うだけでしょう」

真親の面《つら》の皮の厚さは相当なものらしい。

藤原頼尚の失脚を目論んだのは今の左大臣家だが、真親の父、寿親もそれに荷担していた
とは、すでに知られていることだ。言わば真親は、芳宮にとって敵《かたき》も同然の男だった。それ
を、あっさりと昔不幸な出来事があったと流してしまう。

鷹顕には芳宮の心中も不可解だった。

自分の身内を不幸に追いやった者たちを恨《うら》む気持ちはないのか？

目の前の真親もその内のひとりだぞ。

そう言って、芳宮の肩を激しく揺さぶってやりたくなる。

「その話、芳は承知のことなのか？」

鷹顕は渦巻く怒りを抑え、鋭く真親を見据えながら冷ややかな声を放った。

真親は真っ向からその視線を受け止める。

生白いだけの男かと思いきや、意外に気骨もあるらしい。

「宮様にはすでにお話はしてあります。ですが宮様は、鷹顕殿にすべてを任せてあると仰せで……」

真親の言葉に、鷹顕は眉をひそめた。

怪訝《けげん》に思って様子を窺うと、芳宮は何故かまぶたを伏せている。

何かを耐え忍んでいるような風情《ふぜい》に、鷹顕は柄にもなく胸につきりとした痛みを覚えた。

芳宮に限って、自分の傍を離れたいなどと言うはずがない。

鷹顕はなんの根拠もなくそう信じていた。

けれど、本当に芳宮はそう思っているのか？

都で生まれ七歳まで都で育った。三つ子の魂《たましい》百までとも言う。ならば芳宮にとって本当に大切だと思う地は都なのではないのか？

頭の隅で生まれた疑惑は、徐々に鷹顕の思考を蝕《むしば》んでいく。

「鷹顕殿はいかが思《おぼ》し召しか？　宮様を都にお連れすること、承知してもらえるだろうか？」

真親はやけにゆったりとした調子で訊ねてきた。

鷹顕の動揺を煽《あお》るには、激しい言葉は禁物。そう心得ているかのように、まったりとしている。

確かに真親は、見かけによらず鋭い男だ。しかし、真親は大事なことを見落としている。芳宮の将来を決めるのは芳宮自身。

鷹顕は常に芳宮の意思を尊重してきた。

真親は、芳宮が曖昧《あいまい》な言い方をしたせいで、鷹顕に決定権があるものと誤解したのだろう。

「芳を勝手に都へ連れていくことは許さん」

鷹顕が張りのある声を放ったと同時に、隣で芳宮が小さく身震いする。

「鷹顕殿、あなたにそんな強制をする権利がおありか？　芳宮様は、国司の嫡男ごときに命令されるようなご身分ではない」

さすがの真親も怒りで声が震えている。

だが鷹顕は、その真親をひたと見据えて言い切った。

「まさしく……。俺は、芳を勝手に連れ出すなら許さないと言ったのだ。都行きが芳の意思ならば、俺に止める権利はない。どうしても芳を都に連れていきたいなら、まずは芳自身の意向を確かめるがいい」

「た、鷹……顕……っ？」

芳宮が動転したような声を上げる。

しかし鷹顕は、あえて芳宮には目を向けなかった。

貌を見てしまえば、たとえ芳宮が行きたがっていたとしても、絶対に許さないと言ってしまう。

それではなんの解決にもならない。

真親の思惑などどうでもいいが、芳宮には自分で選択してほしかった。

「芳、都に帰りたいなら、素直にそう言え」

「…………」

芳宮からの返事はない。

だが鷹顕は忍び寄る不安を押しのけて言葉を重ねた。

「都に帰りたいなら、好きにしろ。俺は……、俺は、反対はしない」

言ってのけたとたん、小さく息をのむ気配がする。

しかし鷹顕はあえて、それ以上声をかけずに茵から立ち上がった。

「中将様、わたしが言ったとおりでしたでしょう。我が弟は話のわからない男ではないと。

これで芳様の都行き、滞りなく進められます。差配などはわたしにお任せを。中将様の名に
恥じぬように、精一杯務めさせていただきますゆえ」

「これはありがたい申し出。鷹顕殿にも御礼を申し上げる。よくぞ、ご決意くださされた」

俊顕と真親が嬉《うれ》しげに言い交わすのを尻目に、鷹顕は静かに西の対屋をあとにした。

最後まで、一度も芳宮を振り返ることはなかった。

六の章

「芳《かおる》様、ねぇ遊んでー」

「芳様、蹴鞠《けまり》教えてー」

渡殿で口々に呼びかける子供たちの声がしていた。

ぼんやりしていた芳宮ははっと我に返り、重い腰を上げた。

狩衣は文字どおり狩りの際に用いられた装束だが、水干《すいかん》や直垂に比べれば、かなり動きが制限される。

子供たちは普段母屋《もや》の裏手にある庭で遊んでいることが多い。このところろくに相手をしてやらなかったので、痺《しび》れを切らして西の対屋まで様子を見にきたのだろう。

芳宮が御簾から貌を出すと、子供たちがいっせいに歓声を上げる。

「わ、芳様だ！」

「芳様ぁ」

まだ稚い子供たちは次々に芳に抱きついてきた。

都に行けば、もうこの子たちとも逢えなくなる。

子供たちを抱きしめた芳宮は、再び胸の痛みに襲われた。

長い間、都を離れていたから、一度帰りたいと思っただけだ。都で懐かしい人たちを訪ねたあとは、またこの地に戻ってくる。

しかし、それは芳宮の勝手な思い込みで、事態は思わぬほうへと動いていた。

まさか、あんなにあっさり鷹顕《たかあき》に放り出されるとは、夢にも思っていなかった。鷹顕には都行きを止められるものとばかり思い込んでいたのだ。

一度だけ都へ行きたい。その望みをどう鷹顕に伝えるか、それだけをあれこれ考えていた。

それなのに、好きにしろと突き放されてしまったことが、いまだに信じられない。

鷹顕の冷えた声が耳に届いた時は、鋭い矢で心の臓を貫かれたかのような痛みを感じた。ひどい衝撃で目の前が真っ暗になり、傷口からは全身の血が噴き出して、このまま本当に息絶えるかと思った。

今なおその痛みが続いており、子供たちに微笑みかけることさえ困難なほどだ。

「ねぇ、芳様、遊んでー」

「芳様、一緒に遊ぼうよ」

子供たちは反応の薄い芳宮の袖をつかみ、揺すぶってくる。

「ごめんね、みんな……今日はちょっと……」

芳宮がそう謝ると、子供たちは心配そうに見上げてきた。

「芳様、ご病気なの？　元気ないね」

「ほんとに元気ないね、芳様。ご病気なら寝てなくちゃいけないんだよ？　じゃないといつまでも治らないって」

口々に慰められて、芳宮はゆるりと首を振った。

「わたしは大丈夫。病ではありません」

「それじゃ、兄上がお出かけだから寂しいの？　兄上、芳様を置いてったんでしょ？　芳様はいつも兄上とご一緒だから、置いていかれて寂しいんだね」

一番年長の子が訳知り貌でそんなことを言う。

子供たちが単に「兄上」と呼ぶのは鷹顕のことだ。他の兄たちには名前をつけて呼ぶ。

子供たちの鋭さに、芳はまた胸がきりきりと絞られたようになった。

このところ鷹顕は屋敷にいないことのほうが多い。父熙顕《ただあき》の供をして、あちこち巡察に出かけているのだ。熙顕は陣屋泊まりだが、鷹顕は現地と屋敷を疾風で往復していた。朝早くに出発し、夜も更けてから屋敷に戻ってくるという毎日を繰り返している。

都行きを止められなかったことが、まだ信じられない。信じたくはなかった。

だから、できることなら鷹顕にもう一度確かめたいと思っていた。

けれども、鷹顕が忙しくしているせいで、貌を見ることすらままならない毎日だ。

芳宮の憂鬱《ゆううつ》が子供たちまで遷《うつ》り、皆でしゅんとなっていた時、不意に庭の向こうから声をかけてきた者がいた。

「若様方、そろそろ剣の先生がお見えになる刻限ですぞ？　こんなところで芳様を困らせたりしておられる場合ではございません」

やってきたのは鷹顕の守り役だった源《みなもとの》寛季《ひろすえ》だ。

「わっ、寛季だ！」

「逃げろっ！」

子供たちは口々に叫び、まるで蜘蛛《くも》の子を散らしたように逃げていく。

厳格な寛季は、子供たちに恐れられているのだ。

「やれやれ……人を鬼のように」

寛季はため息混じりに言うが、優しく目を細めて子供たちが走っていくのを見守っている。

「寛季……」

「やれやれ、芳様も、ですか……まことにお元気のないことだ」

「え？」

芳宮は首を傾《かし》げた。

寛季の口ぶりは、まるで他にも元気のない者がいるようだ。

けれど、とにかく今は都行きのことだった。

芳宮はふと思いついて、寛季に意見を聞いてみることにした。

「寛季はどう思いますか、わたしの都行きのこと」

「さようですね、とてもおめでたいことだと存じます」

「めでたい?」

思わず訊き返すと、寛季は厳《いか》つい貌ににっこりとした笑みを浮かべる。

「世が世であれば、芳様は帝となられていたかもしれぬお方。それなのに、このような鄙《ひな》で、乱暴者の若と一緒にお育ちになられた。北国は芳様にとって仮の棲処《すみか》。本来のご身分に相応しい場所へとお帰りになられるのですから、おめでたいことだと申し上げました」

にこやかに言う寛季に、芳宮の心は沈んだ。

悪気はまったくないのだ。寛季は芯から自分の都行きを喜んでくれている。

「でも、わたしは北国が好きだ……都の人々はここを蝦夷の地だなどと言うけれど、こんなに気持ちがいい場所は他にないと思う。みんな優しくて、身寄りのないわたしに精一杯尽くしてくれた……鬼王丸《きおうまる》だって……あんなに……あんなに……っ」

不意に寂しさが募ってきて、芳宮は言葉を途切れさせた。

堪《こら》えようと思っても、涙が滲む。もう子供ではないのだから、こんなことでいちいち泣くのはおかしい。それこそ、鬼王丸、いや鷹顕にも寛季にも笑われてしまう。

「芳様」

寛季はそう呼びかけて、大きな手を芳宮の肩に置いた。

寛季にはよく面倒をみてもらった。芳宮にとって寛季は、鬼王丸の次に親しい相手と言っていい。

「芳様は、お寂しいのでしょうか」

しんみりとした調子で問われ、芳宮は素直に頷いた。

「鬼王丸は……鷹顕殿は、勝手にしろと言って……っ」

訴えると、あの時の悲しみが蘇《よみがえ》る。胸が抉《えぐ》られたように痛くなって、芳宮はぎゅっと狩衣の袂を握りしめた。

「芳様、それは違うと思います」

「違う？　……でも、でも、鬼王丸は、確かに好きにしろって」

気持ちが高ぶると、つい幼名で呼んでしまう。

寛季は、よしよしと子供を宥めるように、芳宮の肩を叩《たた》いた。

「若は……御曹司はあのご気性。言葉が足りぬだけだと思います。芳様はもしかして、若に見捨てられたような心地でおられたのか？」

「うん……鬼王丸はわたしの貌さえ見てなかったもの」

「それは、若が心にもないことを口にされたからでしょう。いや、それは少し違うか……若は芳様に、好きにしろとおっしゃったのでしょう？」

「うん、そう言った」

芳宮は幼子《おさなご》のように訴えた。

寛季が相手だと、つい子供の時と同じにしてしまう。今では鷹顕のほうが背が高くなってしまったが、昔は寛季のことを、雲をつく大男のように思ったものだ。寛季の大きさが頼もしく、ずいぶん甘えていたとも思う。

その寛季が何か考え込むような素振《そぶ》りを見せる。そして、おもむろに切り出した。

「それなら芳様は、芳様のなさりたいようにすればよいのです」

「え？」

なんのことかわからず、芳宮は首を傾げた。

寛季は厳つい貌をほころばせる。

「都に戻りたいか、この地に止《とど》まるか、芳様のお望みのままに。若は、芳様のお気持ちを一番に考えておられるのでしょう。だからこそ、芳様の好きにしろとおっしゃったに相違ありません」

思いもかけぬ言葉に、芳宮は目を見開いた。

「それは、本当なの？」

「はい、そうだと思いますよ」

長年守り役を務めた者の言葉だ。疑う余地などない。

ぱあっと、まるで雨上がりの空に虹《にじ》が渡るように、沈鬱《ちんうつ》な気持ちが晴れていく。

何も思い悩むことはなかったのだ。寛季の言葉でようやく気がついた。

鷹顕は自分の気持ちを尊重してくれただけなのだと。

「寛季、ありがとう。わたしは思い違いをしていたようです。鷹顕殿がわたしを見捨てるなど、あるはずがなかった。ずっと大事にしてくれていたのに、鷹顕の真意を疑うような真似をしたことが恥ずかしい」

芳宮はにっこりとした笑みを浮かべながら謝った。

「お気持ちが晴れたようですね」

「ええ、鷹顕ともう一度ちゃんと話をしてみます。都には行きたい。でも、用が済めばここに戻ってきたいのだと、鷹顕に言ってみる」

「それがようございます」

寛季もほっとしたように言って芳宮の肩から手を離す。

ここには自分を受け入れ、温かく見守ってくれる人々がいる。だからこそ、ここを永久に離れてしまうなど考えられない。

「ところで、わたしに何か用だったのでは？」

「おお、そうでした。中将様が、芳様のお返事をお待ちです。輿《こし》で都に向かうには、相当の日数を要します。雪で難儀しては大変なので、早々に出立《しゅったつ》できるように準備を進めたいとのことでございました」

「わかった。真親《さねちか》殿には都行きをどうするか、まだはっきりとお返事もしていなかった。お目にかかって、わたしから直《じか》にお話ししようと思う」

「そうですか、では、そのようにお伝えしてまいりましょう」

「真親殿はどちらに?」

「は、本日は寝殿の母屋にて、俊顕《としあき》様と色々打ち合わせをされておられます」

「では、着替えたら、わたしもそちらに行く」

「かしこまりました、芳様」

寛季は丁寧に頭を下げてから、きびすを返した。

大股でゆったりとした足取りで歩く、鷹顕の忠実な腹心。

その貌に難しい表情が浮かんでいたことを、芳宮は知る由《よし》もなかったのだ。

†

侍女に手伝ってもらい装束を改めた芳宮は、渡殿をとおり寝殿へと向かった。

寝殿の南側は庭に面した広間となっており、熙顕が屋敷内にある時は、ここで様々な政《まつりごと》に関する決定を行っている。

だが、今ここに主《あるじ》の姿はなく、畳敷の上には真親が座していた。

向かいに座っているのは俊顕で、ふたりは何やら真剣なやり取りを交わしている。

「真親殿」

「おお、芳宮様、わざわざのお運び、恐れ入ります」

芳宮が姿を見せたと同時、真親はさっと上座を明け渡す。

だが、主の留守中、勝手にその座を使うのは気が引けて、芳宮は一段下がった真親の隣に座り込んだ。

「慌ただしくいたして、申し訳ございません。それにわざわざ御自らお運びいただかなくとも、お呼びくだされぱこちらから出向きましたものを」

「いえ、よいのです」

相変わらず、真親の動作や言葉は流麗で優雅だ。

都で笑われぬように、自分も見習いたいものだと思う。

決して見栄《みえ》からではなく、もし芳宮ががさつであれば、育ててもらった藤原一門の恥になると思ったからだ。

「それで、宮様、早速でございますが、出立の日取り、早々に決めとうございます」

「わかりました。でも、その前にお話ししておきたいことが……」

芳宮は遠慮がちに口にした。

色々と尽くしてくれる真親に、都へは少しの間行くだけだと伝えるのは、正直気が引けた。

けれども、先ほどの寛季の話もあって、自分の気持ちは定まっている。

「宮様のご成人の儀ならば、我が右大臣家が責任を持って執《と》り行わせていただきます。他にもご希望がおありでしたら、なんなりと……」

「ありがとう……でも、わたしはあまり長く都に止まる気はありません。色々な方とご挨拶を済ませたら、またこの地に戻ってくるつもりです」

よほど意外な言葉だったのか、真親にしては珍しく、驚いたように目を見開く。

芳宮は悪いと思いつつも、言葉を重ねた。

「すみません、勝手を言って……でも、そうしたいのです」

真親は僅かに目を眇め、探るように見つめてくる。

下座では俊顕も呆れたように首を振っていた。

「宮様……理由をお伺いしてもよろしいですか？」

驚きから立ち直った真親に訊かれたと同時、芳宮は頬《ほお》に血を上らせた。

理由など、たったひとつしかない。

鷹顕の傍を離れたくないからだ。

しかし、それを真親に面と向かって明かすわけにはいかなかった。

だが勘のいい真親は、最初からそれと気づいていてたたみかけてくる。

「もしや、鷹顕殿のことですか？」

「い、いえ……、そ、それだけではなく、わ、わたしはこの地が好きで、馴染《なじ》みがありますし……都より、こちらでと思って……そ、それだけです」

芳宮は真っ赤になりながら、しどろもどろに答えた。

真親は何かを察したように、にやりと口角を上げる。

「宮様は、鷹顕殿のことがお好きなのですね」

真っ向から訊ねられ、心の臓がどきりとなるが、それでも芳宮はこくりと頷いた。

「わたしは……幼い頃より、ずっと鷹顕殿と一緒でしたから……」

言い訳めいた言葉だが嘘ではない。

自分にとって鷹顕は兄弟以上の存在だ。

羞恥《しゅうち》に耐えながら、芳宮は貌を上げた。すると真親はやわらかく何度も首を縦に振る。

「宮様、それでしたら、いかがです？　鷹顕殿に随身《ずいじん》になっていただくというのは……」

さりげなく勧められ、芳宮は目を見開いた。

「随身……？　でも、鷹顕殿は藤原家の嫡男……そんなことはとても頼めません」

都での滞在日数を極力抑えたとしても、往復で半年近くはこの地を離れることになる。

鷹顕はすでに頭領の片腕となっている。そんな長い期間、北国を留守にするわけにはいかなかった。

「どうして頼めないとおっしゃるのですか？　宮様はご自分のことをすっかり忘れておいでのようですが、宮様におつきする随身が鷹顕殿であって悪いはずがない。もともと武士《もののふ》とは皇家の皆様をお守りするためにいる者たちですよ？」

「でも……」

芳宮はそれきりで口ごもった。

真親の言い分はわかるが、鷹顕と改めて主従になるなど想像もできない。

「深く考えることはありません。宮様は鷹顕殿がお好きでいらっしゃる」

何気ないひと言で、また心の臓が跳ね上がる。

深く息をついた芳宮に、真親は何やら思うところがあるように目を細めた。

「宮様……お気に入りの者を傍に置くのは、悪いことではありません。それに、鷹顕殿に随身をお願いするとは、あくまで表向きことです」

「表向き？」

「はい、鷹顕殿は一度も都にいらしたことがない。都がどういうものか、見せて差し上げたいとはお思いになりませんか？　京の都の賑《にぎ》やかな様子、鴨川《かもがわ》の瀞《せせらぎ》、宮中での風雅な催し……都にはいくらでも面白きことがあります。この北国では見ることが叶わぬもの、鷹顕殿にも見せてあげたいとお思いになりませんか？」

やんわりとした口調で重ねられ、芳宮の胸はまたいちだんと高鳴った。

本当に、鷹顕と一緒に都へ行けたらどんなにいいか……。

鷹顕は北国のすばらしさを充分に示してくれた。幼い頃の記憶しかないけれど、今度は自分が鷹顕に都のすばらしさを見せてあげたい……。

芳宮の脳裏には、都のそこここを鷹顕と肩を並べてそぞろ歩いている姿が浮かぶ。

北国もたいそう賑やかだけれど、都のそれには及ばない。それに都には、北国にない物もたくさんある。

節気ごとに催される雅な催し……それを見せてあげたら、鷹顕はどんな貌をするだろう。

一緒に行きたい。

鷹顕とはどんな時だって、離れていたくない。

もし、一緒に都へ行けたなら、どんなにいいか。どんなに嬉しいか。

「頼むだけ頼んでみればいかがです？」

真親は、まるで芳宮の心を読んだように、そそのかす。

「でも……」

芳宮はまだ迷っていた。

鷹顕にはまだ伝えていない。

都に行って、しばらくしたらこの北国に帰りたいと。

それすらまだ明かしていないのだ。

「わたしからもお願いしてみましょう。わたしが都から連れてきた者たちだけでは宮様をお守りするのに不足がある。いえ、警護は厳重にするとお墨付きはすでにいただいている。そこの藤原俊顕殿が、手の者と一緒に随行してくださる。しかし、鷹顕殿が加わってくだされば、わたしとしてもなお心強い。宮様、よろしいですね？　都へ一緒に行ってほしいと、鷹顕殿に頼むのですよ？」

相変わらずやわらかな言い方だが、真親の言葉には不思議な押しの強さがある。

そして鷹顕と一緒にいたいと欲する芳宮は、その言葉に逆らえなかった。

「……わかりました。鷹顕殿に話してみます」

散々迷った末にそう伝えると、真親は満足そうに目を細める。

「それがよろしいですよ、宮様」

「ええ、そうですね」

芳宮はほっと息をつきながら、真親に相づちを打った。

下座では俊顕もしっかりと頷いている。

嫡男の鷹顕が随行に加われば、その兄でありながらも俊顕の立場は一段下がる。けれども俊顕は嫉妬《しっと》ややっかみなどには無縁のように満足げだ。

「我が弟が一緒ならば、これほど心強いことはない。わたしからも鷹顕に話してみます」

鷹顕の名前が出たことで、都行きの計画は急に現実味を帯びてくる。

それ以降は、再び道中の手配りなどの話題となった。

「ただ今、急いで芳様の装束などを仕立てさせております。万一不足があれば、藤原家の名折れ。贅を尽くしたものを用意せよと、父からも命じられております。もちろん、鷹顕にも異論はございません。それに、芳様のお支度が調わねば、中将様の恥ともなりましょうほどに」

俊顕は速やかに旅の用意を調えているようだった。

もともと、こういった手配りなどが好きなのか、まるで水を得た魚のように生き生きとして見える。これが鷹顕なら面倒がって、絶対に途中で投げ出していたことだろう。

そんな想像までしてしまい、芳宮は自然と微笑んでいた。

鷹顕と一緒に都に上れるかもしれない。

その期待だけが胸にあり、他には何も見えていなかったのだ。

†

都への出立は初秋に、と決められた。

すべての用意が慌ただしく調えられていく。

十年ぶりの帰郷とあって心が浮き立ち、華やいだ装束が届けられるたびに、そのあまりの見事さに笑みがこぼれる。

だが、芳宮はまだひとつ大きな問題をかかえたままだった。

都に行く決意を固めたはいいが、あれ以来、鷹顕に逢えなくなってしまったのだ。

鷹顕は父の熙顕と一緒に、宋《そう》との交易の拠点となっている港まで足を伸ばしていた。四方を山々で囲まれたこの地から、港のある海までは相当の距離があり、これまでのように毎夜、屋敷で寝泊まりするというわけにはいかなかったのだ。

鷹顕は好きにしろと言ってくれたけれど、許可も得ないうちに準備を進めていくのは気が引けた。それに、一緒に都へ行ってほしいという話もできないままになっている。

「鷹顕殿はいつ、お戻りなのですか?」

「芳様、もうまもなくとは思いますが、何分、大殿《おおとの》も若も自由気儘《きまま》な性分をしておられるゆえ、わかりかねます」

忙しそうに行き交っている郎党をつかまえては訊ねてみるのだが、いっこうに埒《らち》があかない。

さらに何日かが過ぎ、芳宮は焦りを覚え始めた。

もしかして、このまま鷹顕に逢えないままで出立する羽目になってしまうのではないか。

「まさか」

首を激しく振って否定してみても、胸のざわめきは静まらなかった。

「そうだ。寛季なら、もう少し詳しい状況を知っているかもしれない」

そう思いついた芳宮は、急いで西の対屋を抜け出して、寛季を捜した。

「寛季を見ませんでしたか？」

「芳様、寛季殿でしたら、先ほど厩《うまや》のほうでお見かけしました」

途中で行き合った郎党に所在を確かめた芳宮は、屋敷の裏手にある厩へと向かった。主熙顕と鷹顕の愛馬は留守だが、広い厩には芳宮の銀月《ぎんげつ》もいる。

忙しさにかまけて銀月に乗るどころか、貌も見ていなかったことに気づき、芳宮は申し訳ない気分になった。

都への旅では輿を使うことになっているので、銀月ともしばしお別れだ。今のうちに少しでも駆けさせてやりたい。今日は動きやすい水干を着ているから、寛季に話を聞いたあと、銀月を連れ出そうか。

そんなことを考えながら、芳宮は厩へと近づいた。

外から寛季を呼ぼうとした時、不意に厩の中から誰かの話し声が聞こえてくる。

「……芳様のご出立、もうすぐですな。これで寛季殿もひと安心でしょう」

自分の名前が出たことで、芳宮はなんとなく声をかけるのをためらった。

「さよう、正直なところほっとしている。芳様はお優しいお方、申し訳なくも思うが、あの美しさゆえ、若はいつまで経っても諦《あきら》めようとなさらない」

「若は本気で芳様に懸想しておられるからな……」

芳宮ははっと息をのんだ。

鷹顕のことを耳にしただけで心の臓が不穏な音を立て、身体もかっと熱くなる。

寛季と話している者の声にはあまり聞き覚えがなかった。

盗み聞きなど、褒められたことではない。早々に寛季を呼べばよかったのだが、自分のことを取り沙汰《ざた》されていたため、なかなか声がかけられなかった。そのうえ、ふたりは芳宮が傍らにいるとは少しも気づかず、さらに話を続けている。

「だが、芳様は都からまた北国へお戻りと聞いたぞ」

「ああ、そう望んでおられる」

寛季の声は何故か沈んで聞こえる。

「それはちと難儀だな。帰ってこられるなら、若もまた我《わ》が儘《まま》をおっしゃるのではないか?」

「いや、都は遠い。往復するだけでもかなりの日数がかかるだろう。それに、中将殿の思惑もあろうから、芳様がそうお望みでも、もしかしたらお帰りになるのが難しくなるやもしれん。いずれにしても、芳様が離れておられる間に、若にはぜひとも北の方を娶《めと》っていただかねば」

芳宮はぎゅっと水干の胸元を押さえた。もう片方の手では口も塞《ふさ》ぐ。

そうしていないと叫び声を上げてしまいそうだった。

「しかしのぉ、若はあのご気性。大殿でさえ手を焼かれることが多い。果たして我らの勧めを受け入れてくださるかどうか……それに、芳様は若を都へお連れになりたいと仰せとか……まったく、とんでもない話だ」

寛季と話している郎党は大きくため息をついている。

「何もかも、十年前の遠乗りから始まったことよ。あの森にはやはり魔が棲んでおったとしか思えぬわ」

「おうよ、そなたがついておりながら、何故若を押さえきれなんだ？」

「無茶を言うでない。そなたも若のご気性を知っておろう。若は一度言い出されたことを曲げた例しがない」

もうひとりの郎党は寛季と相当に親しい者なのだろう。常に生真面目な貌しか見せない寛季が、胸にある思いを全部吐き出している。

鷹顕に婚姻を結ばせる。

それは藤原一門の最大の関心事となっていた。

芳宮は大きく足元をぐらつかせた。

衝撃がひどく、まともに立っているのが難しい。

わかっていたのだ。

もうずっと前からこんな日が来ることはわかっていた。

鷹顕は常々冗談のように、伴侶にするなら芳がいいと言い、皆を煙に巻いていた。

けれどもそんな戯れ言が許されるはずもない。

鷹顕は北国藤原の嫡男。だからこそ、何がなんでも婚姻してもらう。それが一門の者たちの悲願となっている。

鷹顕に逢い、一緒に都へ行ってほしいと頼むつもりだった自分は、なんと愚かだったことか。

一門の者たちは、自分の留守中に鷹顕に婚姻させたいと望んでいる。

ひとりで都に行き、その後また北国に帰ってきたとしても、もう鷹顕は自分のものではない。妻を迎え、もしかしたらすぐに子もできるかもしれないのだ。

嫌だ。

嫌だ。

心の内で激しく叫びながら、芳宮はかぶりを振った。

鷹顕が見知らぬ他人のものとなるのを、見ていなければならないなんて耐えられない。

「まったくのぉ……大殿も世捨て人同然だった親子など、放っておかれればよかったものを。芳様の母御《ははご》の色香に迷われたせいで、嫡男の若までが魔に魅入られたかのように芳様に執着なさる。こうなれば、芳様には一日でも早く藤原から出ていっていただくしかないな。それで二度とこの地に戻られぬことを祈ろう」

「おい、何もそこまで言うことはない。芳様はお優しい心根のお方、ただ……おいっ！　そこに誰かいるのかっ！」

寛季の声がいきなり鋭いものに変わる。

誰何《すいか》された芳宮はびくりとすくんだ。

聞かされた話に、もう立っているのも苦痛だった。この場から逃げ出す力もなく、へなへなとしゃがみ込んでしまう。

「か、芳様！」

厩から飛び出してきた寛季はそれきりで絶句した。

けれども芳の貌が蒼白なことに気づき、焦ったように手を添えてくる。

「……もしや、今の話を聞いておられたのか……？」

いかにもばつが悪そうに問われ、芳宮はぎこちなく頷いた。

今さら隠し立てをしたところでどうしようもない。

「お貌の色が悪い。手をお貸ししますゆえ、屋敷の中へ」

寛季は素早く己を取り戻し、いつもどおりに芳を気遣う。

けれども、今になってようやくわかった。

一門の者にとって、自分は大事な嫡男を誑《たぶら》かす邪魔者でしかなかった。

だから、寛季がこうして優しく接してくれるのも、自分のためというより、すべて鷹顕のためだったのだ。

あの時、鷹顕に出合わなければ、自分など、あの森でとうに朽《く》ち果てていたかもしれない。

こんな時だというのに、おかしくてたまらなかった。

何も知らず、無邪気に鷹顕にまとわりついていた芳宮を、一門の者たちはどれほど疎《うと》ましく思っていたことか。

けれども、鷹顕を大切に想うのは自分も同じ。自分を邪魔だとする寛季たちとまったく同じだった。

鷹顕のことが誰よりも、何よりも大事だ。

芳宮は助けを借りて立ち上がり、真っ直《ます》ぐに忠義者の守り役を見つめた。

そしてきゅっと唇を噛《か》み、それから掠れた声を出す。

「……わたしは、いないほうがいいのですね？」

「か、芳様……お許しください。お心を傷つけるようなことを言ってしまいました。しかし、芳様のことは決して……わたしはただ、若のことが心配だっただけです」

「ええ、わかっています」

寛季は気まずそうに視線をそらすが、芳宮は不思議と冷静だった。

寛季にも、そしてがばっと地面に平伏した郎党にも、怒りは湧かない。

「寛季、どうか正直に答えてください」

「はっ」

「……わたしは……わたしはいないほうがいいのですね？」

重ねて訊くと、寛季は突然両膝を地面につけて頭を下げる。

「どうか、お許しを……どうか、お許しください」

心底悔いているように謝る寛季に、芳宮は小さくため息をついた。

「いいのです。わたしのほうこそ、今まで何も知らずにいたこと、申し訳なく思っています。鷹顕殿が大事なのは、わたしも同じ。だから、わたしは鷹顕のために一番いいと思う道を選びたい。そなたにはわかっているはず。一番長く鷹顕を見てきたのは寛季だもの……だから、正直に言ってください。わたしは鷹顕の傍にいないほうがいいのですね？」

人はあまりに悲しいと涙も出ないものらしい。

泣き崩れていてもおかしくないのに、どこかにもうひとり別の自分がいて、今の成り行きを冷静に眺めているかのようだ。

寛季はがばっと貌を伏せたまま、呻くような声を出した。

「……お許しを……どうか、お許しを……この寛季の命でよければ、今すぐ芳様に差し上げましょう。ですから、どうかお許しを……っ」

鬼王丸の守り役はどんな時も頼もしかった。

その力強い男が肩を震わせて泣いている。

芳宮は淡く微笑んだ。

「……わかりました……。鷹顕には……わたしから話します」

「芳様……」

「それで、鷹顕殿はいつ、戻ってきますか？」

静かに訊ねた芳宮に、寛季がようやく貌を上げる。

「今宵……今宵遅くに戻られると……」

「そう、ですか……」

芳宮はそれだけ呟いて、いつまでも平伏している男たちに背を向けた。

地を踏みしめて歩き出した時も、不思議と気持ちは落ち着いていた。

ただ、頬に触れる大気が冷たくなってきたなと、感じただけだった。

七の章

その夜遅く、鷹顗《たかあき》は父の煕顗《ただあき》とともに屋敷に戻ってきた。

侍女から知らせを聞いた芳宮《かおるのみや》は身支度を調えて、静かに鷹顗の部屋がある東の対屋に向かった。

選んだのは裏地に淡紫を使った白の狩衣だ。指貫は濃紫で、肩から覗く単は蘇芳。薄暗い渡殿を歩く芳宮は、月の世界から下り立った姫君のように典雅な雰囲気を醸し出していた。

「芳様でございます」

先導の侍女がそう声をかけて、御簾を上げる。

するりと中に身を滑り込ませると、鷹顗は畳敷の上で酒を飲んでいるところだった。

深縹の直垂上下に相変わらず烏帽子はなし。片膝を立て、脇息に凭れた鷹顗は、芳宮を見たと同時に貌をしかめた。

そして何をしにきたと言わんばかりに、ぐいっと漆塗《うるしぬ》りの酒器を呷《あお》る。

けれども芳宮の胸は、久しぶりに見た精悍な貌に、熱く疼いた。

「何の用だ？　こんなに遅くに」

「お話があって、まいりました」

機嫌の悪さに怯《ひる》みそうになるが、芳宮はそっと鷹顕の横に腰を下ろす。

鷹顕は仕方なさそうに、くいっと顎を上げて侍女に合図を送った。

芳宮にも酒を用意しろというのだろう。

気儘に酒を飲んでいても、男ぶりは変わらない。

今までどんなふうに鷹顕に想いを寄せていたか、はっきり自覚した芳宮には眩《まぶ》しく見えるほどだ。

自然と頬に血が上り、動悸《どうき》もうるさくなる。

このままずっと何事もなく、鷹顕の傍にいられれば、どんなに幸せだったか……。

しかし、家中の者の思いもまた、自分のそれと同じように強いものだ。

自分が傍らにいては、鷹顕の妨げとなる。

鷹顕にはどんな時も輝いていてほしいのに、自分のせいで陰りができるなど、とうてい許せることではない。

芳宮はすっとまぶたを伏せて気息を整え、自分の中にあった迷いを捨てた。

それから視線を上げて、ひたと鷹顕を見つめる。

「お帰りを待っておりました。話があります」

「今頃になって、話だと……？　おまえはもう都へ行くと決めた。そうだろう？」

鷹顕はなんの感動もなさそうに言ってのける。

つきりと胸の奥が痛くなるが、芳宮はそれを抑え込んで話を続けた。

「そうです。決めました。わたしは都へ行き、もう二度とこの地には戻りません」

さらりと告げたとたん、鷹顕がひくりと眉根を寄せる。

手にした漆塗りの酒器を、かたんと音高く膳《ぜん》に叩きつけ、鋭く射貫《いぬ》くように芳宮を見据えてきた。

「……おまえは戻ってくると……戻りたいと言っていると、聞いていた」

視線の鋭さとは裏腹に、鷹顕の声は底冷えがしそうなほど低い。

おそらく俊顕《としあき》あたりから報告を受けていたのだろう。

二度とこの地に戻らないという決意は、まだ誰にも告げていない。

芳宮は決心が鈍らぬうちにと、床に両手をついた。

そのまま視線を落とすと、袖から僅かに覗く指先が小刻みに震えているのが目に入る。

胸の痛みもますます激しくなるばかりだったが、最後まで言ってしまわなければならない。

「……鷹顕殿……今まで本当に世話になりました。感謝しています。……こうしてわたしが都へ戻れることになったのも、鷹顕殿のお陰だと…………っ……」

喉《のど》が詰まって、あとは声にならなかった。

もう少しなのに、どうしても最後まで声が続かない。

俯《うつむ》いたままで唇を震わせていると、情けないことに揃《そろ》えた指の先に、ぽたんとひと粒涙が落ちる。

ここで泣いてしまっては、すべてが台なしになるというのに……。

「芳、そんなこと、俺が許すとでも思っているのか？」

「……え？」

「誰に何を吹き込まれた？　言え、芳」

予期せぬ言葉に、芳宮は思わず伏せていた貌を上げた。

「あ……」

息をのんだのは、鷹顕があまりにも真剣な目でこちらを見ていたからだ。

先ほどの鋭さとはまったく違う。今はその眼差しに、誰か他の者に対する怒りが垣間見える気がした。

「……だ、誰にも……何も言われてない。わ、わたしが自分でそう決めた。き、鬼王丸《きおうまる》だって、好きにしろと言ったではないか」

口調が子供じみたものになるのは、心に焦りが生じた証拠だ。

もっときちんと説明したかったのに、それができない。

芳宮は己を恥じて視線を泳がせた。

すると、がたんと音を立てて、鷹顕が立ち上がる。

「芳、こっちを見ろ」

「あっ」

いきなり両手をつかまれて、無理にも貌を上げさせられる。

間近に迫った鷹顕に、さらに心の臓が高鳴った。

「芳、いつ気が変わった？　正直に言え。おまえは帰ってくる気でいた。そうだろう？　俺と一緒に都へ行きたいとまで言っていたそうじゃないか。なのに、今の言い草はなんだ？　俺に都への同行を頼みにきたのではないのか？」

「ち、違うっ、そんなこと思ってないっ」

鷹顕は少しの嘘も見逃さないといった勢いだ。芳宮はどうしようもなく、ただ激しくかぶりを振るだけだった。

「芳……」

「わ、わたしはもう……嫌になっただけ。た、鷹顕には悪いけど、もうこんな田舎は嫌だ。都に……都に帰りたいっ」

「なんだと？」

「は、母上がいらしたから我慢していたのだ。でも、母上が亡くなられ、右近《うこん》までいなくなった。もう都を偲《しの》ぶ縁は何もない。こ、こんな場所に、いつまでもひとりで残っているのは嫌だ。嫌になったっ」

芳宮は夢中で言い募った。

心にもない嘘を連ねるのは苦痛だったが、なんとしても鷹顗を納得させなければならない。

「おまえ、今のは本気か？　誰かにそう言うようにと、そそのかされているのではないのか？」

追い詰められた芳宮は、さらに必死に首を振った。

「違う。違う。今まで隠してたけど、それがわたしの本心だ。せっかく真親《さねちか》殿が機会をつくってくれたのに、鬼王丸にだって邪魔などさせるものか！　わたしは都に帰る！　もう二度とこんなところには戻ってこない！　鬼王丸なんか大嫌いだ！」

興奮気味に叫んだ刹那《せつな》、鷹顗の手にぐいっと力が入る。

「それがおまえの本心か……」

地の底から響いてくるような恐ろしい声。

「……っ」

びくりと目を瞠《みは》った次の瞬間、芳宮の細い身体は床へと押し倒されていた。

「よくも言ってくれたな、芳。おまえがそんな気でいたとは知らなかった。大事に、大事にしてやったのに、俺を嫌いだと？」

「……あ……」

「いいだろう。おまえがそう思っているなら、遠慮はいらんな。それに、この地に戻らぬつもりなら、もうこんな機会もない」

「……な、何を……」

食いつきそうな目で見つめられ、芳宮は震え声を出した。

鷹顕は皮肉っぽく口元をゆるめる。

「芳、おまえは俺のものだ。もう何回もそう言っただろう。おまえが手の届かぬ場所に行ってしまうと言うなら、その前に壊してやる。俺のものにならないおまえなど、もうなんの価値もない。情欲の捌《は》け口《ぐち》にしてやるまでのこと」

「……た、鷹顕……」

鷹顕が何をしようとしているのかを覚り、芳宮は呆然《ぼうぜん》となった。

床に転がされた芳宮は、今まで鷹顕が座していた畳敷までずるずると引きずられた。

そして鷹顕は押さえつけた芳宮の身体に馬乗りになる。

逃げ出す隙《すき》もなかった。

鷹顕が怖い。

今まで何度か、これに近い状況に陥ったことがある。それでも、これほどの恐怖を感じたことはない。

鷹顕の逆鱗《げきりん》に触れ、自分は引き裂かれてしまうか。

あ……。

そこで芳宮は大きく胸を喘がせた。

怖いのに、何故か胸の奥が甘く痺れている。

鷹顗が怖くてたまらないのに、引き裂かれるならそれでいいと思ってしまう。

そうだ。都へ行ってしまえば、もう二度と鷹顗には逢えない。貌を見ることも叶わず、触れることもできない。

芳宮は静かに覚悟を決めた。

もう鷹顗からは逃れられない。それに、これが最後になるかと思えば、どのような扱いをされようと満足だ。

そう、自分から逃げる気はない。

鷹顗の望むままになりたい。引き裂かれるなら、それでもいい。

鷹顗の望みが自分の望みだ。

芳宮は泣きそうになりながらも、懸命に鷹顗を見つめ返した。

「暴れもしないとは、俺が恐ろしいか？」

鷹顗は低く脅すような声を出す。

「こんな卑劣な真似をするおまえなど、怖くないっ」

「そうか、おまえは案外気が強かったことを忘れていた。怖くないなら、気遣うこともないな。俺の好きにやるまでだ」

鷹顗はそう言い放ち、いきなり芳宮の装束へと手を伸ばしてきた。

身につける時はあんなに苦労するのに、紐《ひも》を解《ほど》かれ、帯を解かれ、いくらも経たないうちに、しどけなく肌をさらされた。

「あ……く……っ」

露出した胸を大きく喘がせていると、鷹顕の手は下肢にまで伸びてくる。

指貫はあっという間に取り去られ、下につけた薄い袴《はかま》だけという淫《みだ》らな格好になる。

鷹顕は下袴《したばかま》の薄い絹の上から、さわさわと意味ありげに中心を撫《な》でてきた。

それだけでびくりと震えてしまうのに、鷹顕は大きな手でその場所を包み込んでくる。

「あっ、や……っ」

ひときわ大きな震えが走り、芳宮は身悶《みもだ》えた。

拒否するつもりはなかったのに、思わず否定の声を上げてしまう。

「昔、おまえにこれがついていると知った時、俺は愕然《がくぜん》としたものだ。やはり、狐狸《こり》か物《もの》の怪《け》に化かされたのではないかとな」

鷹顕はそう言いながら、手にしたものをやわらかく刺激する。

「そ、そんなこと、知らないっ」

夢中で叫ぶと、鷹顕がさもおかしげにくぐもった笑い声を上げた。

「あの時は俺も餓鬼《がき》だった。だが、今は違う。これはこれで楽しみようがあることがわかっているからな。芳、知っているか？　男子同士は女子と睦《むつ》み合うよりずっと深い悦を得られると言うぞ。おまえが行きたがっている都でも、男子同士、おおいに恋を語り合っていると言うではないか」

脅すような言葉に、芳宮はすくみ上がった。

けれどすぐに、鷹顕の手が薄物の下に潜り込んでくる。

するりと下袴を引き下げられて、芳宮の白い足が剝き出しとなった。そしてとうとう直に花芯を握られてしまう。

「嫌っ……い、やだ……っ」

今まで知ることのなかった異様な感覚に怯《おび》え、芳宮はふるふると首を振った。

けれども今さらの抵抗は、なんの効果も及ぼさない。

そうしている間も、鷹顕の手指がやわらかく動き、花芯が徐々に駆り立てられていく。

「嫌だと？　それは嘘だな……こうやって弄《いじ》っているだけで、ここがどんどん熱くなる。おまえだってもう子供じゃない。ここを熱くすることを知っている」

にやりと笑った鷹顕に、芳宮はびくりと震えた。

鷹顕の言葉は嘘ではなく、弄られた花芯はすでに半勃《はんだ》ちとなっている。

それを充分知っていて、鷹顕はさらに複雑な動きを加えてきた。

焦らすように指を這《は》わされたかと思うと、きゅっと掌《てのひら》全体で握られる。

そうやって刺激を与えられるたびに、さらに花芯が張りつめていく。

「や、嫌だ……鷹顕っ、こんな真似をしていったい……なんになる？」

芳宮は泣きそうになりながら訴えた。

ほんの少し前に覚悟を決めたばかりで不甲斐ない話だが、未知の感覚に怯えずにはいられなかった。

「ふん、これぐらいで音を上げるとは情けないぞ、芳。それに俺を煽ったのはおまえだ。許しはせん」

冷たく言い放った鷹顗の手が花芯から離れ、そのまますするりと後ろに滑っていく。

あろうことか尻の窄まりを思わせぶりに指先でなぞられる。

触れられたのは信じられない場所だった。

「た、鷹顗……っ、ど、どうしてそんな場所……っ」

あまりのことに語尾が震えた。

「今さら何を言う？　おまえのここに、俺のを咥《くわ》えさせる。決まっているだろう」

「う、嘘だ……っ」

芳宮はびくりと大きく腰を退《ひ》きながら、呆然と不遜な男を見つめた。

鷹顗の双眸《そうぼう》には危険な光が宿っている。まるで獰猛《どうもう》な虎《とら》が獲物に襲いかかる寸前のように、飢えた目つきだった。

鷹顗に抱かれる。

契りを交わすという行為には漠然とした知識もあったが、こんなふうに生々しいものとは思わなかった。

「い、嫌だっ！　そんなこと……っ」

それまで我を失っていた芳宮は、渾身《こんしん》の力でのしかかっていた鷹顕の胸を押した。

そんな浅ましい行為はできない。鷹顕とそんな不浄な場所で繋《つな》がり合うなど考えられない。

芳宮は必死に抗《あらが》った。

肌を探ろうとする手を振り払い、躍起になって抵抗する。

「離せ！」

「ずいぶん元気がよくなったな。いいぞ、それでこそ征服しがいがある」

鷹顕はさして応えてもいない様子で、むしろ芳宮が抗うのを楽しんでいるようだ。

けれどそれも長くは続かない。足は鷹顕の膝で押さえ込まれ、両手首もしっかりつかまれてしまう。芳宮は圧倒的な力で組み伏せられた。

「どうした？　怖いのか？」

鷹顕はからかうように訊きながら、ゆっくり貌を伏せてくる。

「あ……」

「もっと抗ってみせたらどうだ？　逆らう者をねじ伏せてものにする。それこそ男子の楽しみというもの。もっと抵抗して俺を楽しませろ」

「な、にを……っ」

怒りのあまり芳宮はひときわ激しく身をよじった。けれど鷹顗が本気であると知って、恐怖も感じる。

身動きの取れなくなった芳宮は我知らず精悍な貌から視線をそらした。

弓でも槍でも剣でも、鷹顗に勝てた例は過去に一度もないのだ。

「強気かと思えば、そうやって怯えるふうを見せる。おまえにはいつも翻弄《ほんろう》されてきた。だが、それももう最後だ。おまえが俺から逃げ出すと言うなら、その前におまえを徹底的に穢《けが》してやる。都へ行っても絶対に俺を忘れられぬように、おまえの身体に俺を刻み込んでやる」

「は、離せっ、いっ、嫌だ」

そこまで言うだけが精一杯だった。上からのしかかっている男を跳ね返す力もなく、噛みつくように口づけられる。

「あ、ふ……んうっ」

大きく胸を喘がせて息を吸い込んだとたん、鷹顗の舌が深く挿し込まれた。

ねっとりと歯列の裏を探られ、舌も淫らに絡《から》まされる。そして吐息まですべて奪うような激しさで口中を貪《むさぼ》られた。

口を吸う。それだけの行為がどうしてこんなにも激しくて淫らなのか。

「んんっ、んっ」

そうしている間にも鷹顗の手が胸元に伸び、剝き出しの肌をいいようになぞられた。

芳宮は懸命に鷹顕を押しのけようと身をよじった。けれども鷹顕は逃げ惑う舌を捕らえ、きつく吸い上げてくる。そして平らな胸の上で探り当てた尖りもつまみ上げた。

「んぁ……ん、く……っ」

思わぬ刺激を受けて身体が反り返る。それと同時に、燃えるように身体が熱くなった。

「身体は素直で感じやすいようだな」

やっと芳宮の口を解放した鷹顕が、嘲《あざけ》るように囁く。

言葉と同時に、再びきゅっと乳首の先端に力を込められて、芳宮は思いきり腰を浮かせた。

「あ……んっ」

昼から漏れたのは、自分でも驚くほど甘い喘ぎだった。

どうして胸などに触れられて、こうも乱れてしまうのかわからない。

けれど考えようとする前に、鷹顕の手が移動する。

「待ちきれないようだから、下も一緒に弄ってやろう」

「何……？」

鷹顕は芳宮のとまどいには見向きもせず、乱されていた下袴を乱暴に引っ張った。

「やっ……そんな……っ」

素肌をすべてさらされて、芳宮は懸命に半身を起こした。

嫡男の居室だけあって、惜しげもなく燈台《とうだい》が灯されている。軒先に吊るした燈籠もあり、明るい中ですべてを子細に覗き込まれ、芳宮は身をすくませた。

「玉のような肌だ。俺と一緒にあれだけ外で暴れていたのに、傷ひとつついていない」

鷹顕は恥ずかしい言葉を口にしながら、胸から脇腹《わきばら》、そして腰から腿《もも》と、すべてを確かめるように撫でていく。

自分の身に傷がないのは、鬼王丸がいつも守ってくれていたからだ。

けれど、そんな感傷にとらわれている暇などなかった。

「……っ」

鷹顕に触れられた場所が焼けたように熱くなり、びくびく震えて粟立《あわだ》った。

そのうえきわどいところを刺激され、花芯が徐々に張りつめていく。その様まで、鷹顕の視線にさらされているのだ。

あまりの羞恥で、芳宮は首を振った。

「足をゆるりと開け、芳。存分に可愛がってやる」

「い、や……っ」

拒否したところで鷹顕は止められない。

いきなり両足をつかまれて、これ以上ないほど開かされてしまう。

衝撃で、芳宮は背中から力なく畳敷の上に倒れ込んだ。

割り開かれた足の間に、鷹顕が身体を進めてくる。すべての抵抗を封じられ、芳宮は自分の両手で貌を覆った。

「恥ずかしいか？　だが、おまえも感じているのだろう？　貌を隠したとて無駄なこと」

尊大に告げた鷹顗が、貌を伏せてくる。

「……っ！」

息を整える暇さえなかった。

ちゅぷりと濡れた音とともに、張りつめた花芯が、ぬめった温かいもので包まれた。

花芯にまとわりつくものがいやらしくうごめいた瞬間、目の眩むような快感が頭頂まで突き抜ける。

「……あ、く……ふっ……うう」

何が起きたのかと、芳宮は大きく胸を弾ませながら跳ね起きた。

「は、離せっ、嫌だ。い、やぁ……っ」

激しく仰《の》け反《ぞ》った拍子に、背中を強く打ちつける。

それでも気持ちのよさには逆らえない。

鷹顗は張りつめた花芯を舌で丁寧に嘗め廻《まわ》していた。敏感なくびれを執拗《しつよう》に舌で擦《こす》られ、先端の窪みもつつかれる。そのたびに痺れるような刺激が身体中を突き抜けた。

「あふ……っ、く……うぅ……やっ」

芳宮はひっきりなしに高い声を放った。

口で愛撫されるなど、信じられなかった。それでも恐ろしいほどの気持ちよさは拒めない。与えられる快感を受け入れてしまう。

身体の奥で欲望が膨れ上がり、もう精を吐き出さずにはいられない。

芳宮は無意識に腰をくねらせ、ねだるように鷹顗の口に張りつめたものを押しつけた。

「ああっ、もう駄目……達《い》く……あ、嫌……く、ふっ……うぅぅ」

ぶるっと腰を震わせたとたん、鷹顗の口が離れてしまう。それどころか、根元にきつく指まで巻きつけられた。

弾《はじ》ける寸前で、堰《せ》き止められてしまったのだ。

精を放つこともできず、芳宮は涙に曇った目で鷹顗をにらんだ。

「そんな目でにらんでも無駄だぞ。これが最初で最後。だったら、俺を受け入れてから達け。さあ、俯《うつぶ》せになれ、芳。獣《けもの》のように後ろから犯してやる」

胸を大きく喘がせていると、鷹顗がさらに残酷なことを言い放つ。そして言葉どおりに芳宮の腰をつかんだかと思うと、くるりと反転させてしまう。

「あっ……」

浅ましいことに、抗う暇もなく腰を高く上げさせられて、両足も開かされた。

こんなになっても花芯はまだ張りつめたままで、先端には蜜まで滲んでいる。

鷹顗は様子を窺うように固く閉じた窄《すぼ》まりに指を這わせてきた。その感覚に否応なく慣れさせられた頃、いきなり濡れた指を奥まで突き挿される。

「ああっ」

ひどい圧迫で芳宮は腰を震わせた。それなのに鷹顕の長い指は容赦もなく奥まで入ってくる。

狭い場所を無理やり広げられているのに、不思議と痛みはなかった。あらぬところに鷹顕の長い指を食《は》んでいるという異様な感覚があるだけだ。

けれども鷹顕は、さらにそこを広げるように何度も指を抜き挿しする。

「やっ、嫌あ……っ、もう。止めて……っ」

「最初にしっかり広げておかないと、おまえの身体を損なう。おまえだって痛い思いをするより、気持ちいいほうが嬉しいだろう」

鷹顕はそう勝手に決めつけて指の数を増やした。

二本まとめて奥までこじ入れられると、さすがに痛みが突き抜ける。

だがそれさえ、次に与えられた衝撃とは比べものにならなかった。

「いっ、うぅ……く……っ」

そこを指先で抉られた瞬間、芳宮は大きく背中を反らした。

信じられないほどの刺激が全身を貫く。

一気に噴き上げそうになるが、抜け目のない鷹顕に、またしっかりと根元を押さえられる。

「いやぁ……あっ、そこ……嫌だ……あ、く……ううっ」

「どうした？　そんなにここが気持ちいいか」

からかい気味の声とともに、さらに同じところを指の腹で抉られる。

「ち、違う……っ、嫌……ああっ」

いくら拒否しても、鷹顕の指は抜き挿しを止めない。それどころか、敏感な壁をさらに大きく刺激する。二本だった指は三本に増やされ、それと同時に動きもますます大胆になった。

「ああっ……や、あ……っ」

鷹顕の指を食んだ場所が爛《ただ》れたように熱くなり、快感とも痛みとも判断のつかない感覚で全身を犯される。

「覚えのいい身体だ。しっかり俺の指を締めつけてくる」

嘲笑《あざわら》うように言われ、芳宮はがくがくと首を振った。

貶《おとし》めるようなひどい言い方をされても、身体がびくびく反応するだけで、逆らうことさえできない。

「嫌だ、もう、嫌ぁ……か、身体が、お、おかしい……やっ、ううっ」

「そろそろいいか」

畳敷の上に投げ出した両手をぎゅっと握りしめているしかなかった。

「あ……な、に……？」

朦朧《もうろう》となっていた芳宮は目を見開いた。

「さっき教えただろう。おまえとここで繋がる」

ここと言われた場所は、今まで散々指を入れられ掻《か》き廻されていたところだ。

ぬるっと中を圧迫していた指が抜き取られ、代わりに火傷《やけど》しそうなほど熱くて硬いものが擦《こす》りつけられた。

「芳、しっかりと俺を咥え込め」

腰を抱え直されて、蕩《とろ》けた窄まりにぐっと硬い先端を突き挿される。

「あっ、ああっ……」

めり込んだ灼熱《しゃくねつ》の杭《くい》は狭い場所を無理やり割り広げ、奥の奥まで進んでくる。

「芳、もっと力を抜け」

「い、嫌……っ、入って……い……嫌っ……あ、大きすぎ……あ、あぁ……」

必死に拒もうと思っても、巨大な杭を容赦なく奥までこじ入れられた。

身体がふたつに裂けてしまいそうな恐怖にとらわれて、芳宮は首を振った。

ひとつに結んであった黒髪がほどけ、白い背中を滑り落ちていく。

それでもまだ鷹顕の無体《むたい》は終わらない。

「まだだ、芳。根元まで全部受け入れろ」

「やっ、む、無理……それ以上、ああっ、や……っ」

涙を振りこぼし、必死に胸を喘がせながら頼んでも、鷹顕の動きは止まらない。

「つらいのは今だけだ。さあ、これで最後だ」

言葉と同時に、力強く一気に奥まで打ち込まれた。

「いやぁ――――っ、……くっ、ぁ……っ」

芳宮は掠れた悲鳴を上げた。

これ以上は絶対に無理なのに、それでもまだ奥まで太い杭をねじ込まれる。

いっぱいに押し広げられて息さえうまく継げない。

「芳、おまえのすべては俺のものになった。これで達かせてやる。俺を貪欲に咥え込みながら、達け」

耳朶《じだ》に鷹顕の口が寄せられて、わざとらしく甘い声で囁かれる。

次の瞬間、ぐいっとさらに腰を進められて、根元を押さえていた指が外された。

「いっ、やあ、ぁ――――……」

太いもので芯まで完全に貫かれながら吐精する。

苦しくてたまらないはずなのに、受け止めきれない悦楽で頭が真っ白になった。

「芳」

仰け反った身体をきつく抱きしめられる。それから顎をつかまれて無理やり後ろを向かされた。

熱っぽく見つめられ、最後には喘ぎさえものみ込むように唇も塞がれた。

「あ、あ……あ、ふ……んぅぅ」

身体の一番深い場所に、どくどくと激しく脈打つものが埋め込まれている。達したばかりで過敏になっている場所を、逞《たくま》しい鷹顕がもっともっと押し広げようとしていた。

これ以上は無理。もう耐えられない……。

「気持ちがよかったか、芳……高貴な生まれの者も、男に抱かれれば下賤《げせん》の者と同じ。もっと貪欲に俺を欲しがれ。何度でも言う。おまえは俺のものだ」

霞がかかり朦朧となったなかで響く声……。

傲慢で不遜なのに、これほど嬉しい言葉はない。

自分はこれで完全に鷹顕のものになった。ひとつに繋がったのだ。

けれども芳宮の感傷を裏切るように、いきなり鷹顕の怒張が引き抜かれる。うつ伏せだった身体を表に返されて、息をつく間もなく再び一気に最奥まで貫かれた。

「あっ、ああ――っ」

「これが最後なら、朝までかけてもっと楽しませてもらおう」

冷たい言葉、でも何故か甘く響く声とともに、ゆっくり最奥から揺さぶられる。

「……い、や……」

芳宮は掠れた声を上げながら、首を振った。

隅々まで身体を開かれて、激しく根こそぎ奪い尽くされた。

それでもまだ終わりじゃない……まだ……。

奥まで埋め込まれた灼熱は少しも衰えていない。

もうこれ以上は耐えられない。おかしくなる。そう思うのに、このままずっと鷹顗と繋がっていられればどんなにいいかと願ってしまう。

先に芳宮を達かせた鷹顗は、自らの快感を追うべく、ゆっくりと抜き挿しを開始する。熱く蕩けた壁を嫌というほど擦られているうちに、再び堪えきれない快感が迫《せ》り上がってくる。

「ああ……あっ」

芳宮は甘い喘ぎを漏らしながら、懸命に鷹顗に縋《すが》りついているだけだった。

†

熱い体内に思うさま欲望を放った鷹顗は、気を失った芳宮からゆっくり己の張りを抜き取った。

串刺された芯を失ってくったりした芳宮をそっと褥《しとね》に横たえながら、鷹顗は昏《くら》い微笑を浮かべていた。

昔、森の館で見つけて以来、自分でもどうかと思うほど一途《いちず》に芳宮を想ってきた。

藤原の御曹司となれば、見目のよい女子をいくらでも相手にできる。たまにはそれらの女子に手を出すこともあった。しかし、ただの一度も心を動かされたことはなかった。

何故なら、芳がいつも傍にいたからだ。

正室を迎えろといくら口うるさく言われても、芳宮以外の者を傍に置く気はない。

伴侶とするのは芳宮以外には考えられなかった。

芳宮が男子であるという理由だけで婚姻を結べないのは理不尽だ。

しかし、鷹顕にはそれで芳宮を諦めるという選択肢は、最初からまったくなかったのだ。

なんとしても芳宮を傍に置く。

そのためならば、なんでもやってやる。

鷹顕の胸にあるのはその想いだけだった。

さすがに子供の頃とは違って、知恵を巡らせることを覚えた。それゆえ、じっくり時間をかけ、誰にも文句を言わせない形を整えるつもりだったのだ。

今まで芳宮に手を出さなかったのも、なんの憂いもなく傍に置くためだ。芳宮に引け目を感じさせては、元も子もない。

それなのに、鬼王丸なんか大嫌いだと叫ばれて、箍《たが》が外れた。

二度と北国には戻らない。

そう言われただけで、完全に理性が吹き飛んだ。

「まったく……俺も焼きが廻ったか……」

鷹顕は白い貌をじっと見つめながら、ひとりごちた。

芳宮は昏々《こんこん》と眠り続けている。

透けるような頬には、かすかに赤みが差していた。可憐《かれん》な花の蕾のような唇が僅かに開き、甘い呼吸をくり返している。

「おまえが悪いんだぞ、芳」

鷹顕はひそと呟いた。

そうして、愛《いと》しくてたまらない者に手を伸ばし、乱れた髪をそっと梳《す》き上げてやりながら嘆息した。

八の章

都とは違い、北国の秋は早く訪れる。

朝夕の涼しさが増してくる頃、藤原《ふじわら》の館では芳宮《かおるのみや》の都行きの準備が佳境に入り、皆が忙しく動き廻っていた。

「芳様、ご覧くださいませ。新しい直衣と狩衣が出来上がってまいりました。ため息が出るように見事な出来映えでございますよ」

「ほんとに、次から次へと華やかな装束が揃っていくのは嬉しいものですね」

西の対屋に詰めている侍女たちは、装束が届くたびに大騒ぎする。

けれども、芳宮の心は出立の日が近くなるごとに、沈んでいった。

鷹顕《たかあき》と喧嘩になり、無理やり抱かれてから七日ほど経っている。

あれ以来、また鷹顕は遠方へ出かけてしまい、ずっと貌を見ていなかった。

芳宮が目覚めた時には、もう姿がなかったのだ。

まるで、もう二度と貌を見たくない。

そう言われたような気がして、さらに気持ちが暗くなる。

鷹顕のために身を退こうと決意したのは自分自身だが、まさかあんな事態になるとは思っていなかった。

無理やり抱かれたことは、さほど嫌じゃなかった。もう二度と北国へは戻れないのだ。それを思えば、むしろ最後に身体を繋げられて嬉しかったぐらいだ。

想いは擦《す》れ違ってしまったけれど、鷹顕を心から慕う気持ちに嘘はない。

芳宮が一番恐れているのは、このまま出立の日まで鷹顕が戻ってこないことだった。

あの諍いが最後になってしまうのは、耐えられない。

出立の日までもう残っている時間は少ない。だからこそ、鷹顕の傍にいたかったのに。

「芳様、中将様が訪ねてこられました」

几帳《きちょう》の奥でぼんやりしていた芳宮は、そう声をかけられてはっと貌を上げた。

御簾の外に目をやると、俊顕《としあき》と真親《さねちか》が縁に立っている。

芳宮は慌てて居住まいを正した。

「何か御用でしたか?」

侍女に合図してふたりを御簾の内に招き、何気ない振りでそう問いかける。

いつもどおり優雅に足を運んだ真親は、用意された茵にゆったりと座り込む。

「用というほどのことはありません。ただ宮様がお寂しくしておられるのではないかと案じられましたので、こうしてお貌を見に寄せていただきました」

「お気遣いいただき、ありがとうございます」

芳宮は軽く頭を下げるだけに止めた。

慣れ親しんだ土地を離れるのは寂しいもの。それは当たり前のことだったから、取り繕う必要はないだろう。

けれども真親は、そんなことでは騙されず、鋭く切り込んでくる。

「宮様がお心を痛めておいでなのは、鷹顕殿のことではありませんか？」

名前を耳にしただけで、ずきりと心の臓が痛む。

だが芳宮は気丈に微笑んだ。

「鷹顕殿は出かけられましたゆえ」

「随身のことはお願いなされましたか？」

「いいえ」

静かに答えたとたん、何故か真親が不快げに眉をひそめる。

「宮様は遠慮なさっておられるのですか？　これは鷹顕殿にとっても滅多にないよい機会だというのに、何を遠慮なさることがありますか……もし、宮様ご自身で頼まれるのが難しいようでしたら、わたしから鷹顕殿に進言しましょう。ここにいる俊顕殿も、鷹顕殿の同行をぜひにと望んでおられる。そうでしょう、俊顕殿？」

真親はわざわざ後ろを振り返って、俊顕の意向を確認した。

「もちろんでございます。我が弟ながら、鷹顕ほど剛胆な武士はいません。宮様と中将様をお守りするため弟が同行してくれるなら、わたしも心強い限りです」

真摯《しんし》な言い様に満足したのか、真親はにこやかな笑みを浮かべる。

「それでは、わたしのほうからも鷹顕殿に頼んでみましょう。せっかくの機会なのだ。うまく話ができれば、鷹顕殿もその気になりましょう」

最初は嫌っていたようなのに、真親はどうしてこうも鷹顕の同行に熱心なのだろうか。

ちらりとそんな疑問が頭を掠めるが、今となってはそれもどうでもいいことだった。

誰がどう頼もうと、鷹顕が都への同道など承知するはずはなかったからだ。

それどころか鷹顕は、出立の日まで貌さえ見せない気かもしれないのに——。

「京に着く頃は、もう冬でしょうね。年の瀬は都も慌ただしいですが、新年には色々と楽しい行事も多い。楽しみになさっていてください」

真親は気持ちを浮き立たせるように、あれこれ話をするが、芳宮は沈んだままだった。

以前は確かに楽しみにしていたけれど、都には鷹顕がいない。

ひとりきりでは何をしようと、すべてが色褪《いろあ》せて見えるだろう。

鷹顕がいなければ、きっと自分はただ息をしているだけの人形になる。

それでも、離れることが鷹顕のためになるならば、そのようにするだけだ。

芳宮は胸に迫る寂しさを無理やり抑え込み、辛うじて微笑を浮かべただけだった。

芳宮と真親の都行きがいよいよあと数日後となって、鷹顕はようやく屋敷へと戻ってきた。

建築を進めている寺社で問題が起き、しばらく詰め切りになっていたのだ。

しかし、それにもなんとか解決の目処《めど》が立った。

供の郎党を何人か引き連れて屋敷に戻ると、休む間もなく俊顕が真親を伴って対屋まで訪ねてくる。

「忙しくしておられる時に邪魔をして申し訳ない」

珍しく殊勝な言い方をする真親に、鷹顕は鷹揚に応えた。

「そちらこそ、出立の準備で忙しいなか、わざわざお訪ねくださるとは恐縮です。旅に必要な物の用意などは、すべてそこにいる兄に一任しましたが、何か行き届かぬことがあれば、遠慮なく申されよ」

「いやいや、俊顕殿は万事遺漏なく準備を調えてくださっております」

真親はそう言って、わざとらしく檜扇を口に当てる。

太刀や弓矢ならともかく、扇を使うことになんの意味があるのか。

鷹顕は莫迦莫迦しく思いながらも、真親の出方を窺った。

芳宮に都行きをそそのかした裏には、何か思惑があるはずだ。そして鷹顕には、ある程度、想像がついていた。

黙したままでいると、案の定、真親は焦れたように問いかけてくる。

「ところで……鷹顕殿に折り入って頼みたいことがあるのですが……」

「さて、いったいなんのことでしょう？」

惚《とぼ》けた振りで訊ね返すと、真親はすっと近くまで膝を進めてきた。

「他でもない宮様のことです」

「芳の？」

「宮様は次の東宮に立たれてもおかしくないお血筋……今回都にお連れするのも、上皇様に宮様の存在を再認識していただくのが第一の目的……しかし、宮様の後ろ盾となるのが我が右大臣家だけでは心許《こころもと》ない。ですから、北国藤原家にも宮様の後ろ盾となっていただきたいと思っております。いかがです？　都で北国藤原一門の力のほどを示すにもよい機会。それには嫡男の鷹顕殿が宮様の随身として同行されるのが一番です。冠位なども、我が右大臣家が推せばどうにでもなります。随身として鷹顕殿も一緒に都へまいりませんか」

真親はそう言って、鷹顕の貌色を窺う。

やっと本音を明かした真親に、鷹顕は笑い出しそうだった。

やはり、この男が現れたのは、芳宮を利用するため。随身として一緒に来いというのも、藤原一門の力を当てにしているからだ。

「あいにくだが、都行きにはまったく興味がない」

「興味がない？　それはそなたが都を知らぬからだ。それに、少しは想像してみるがいい。わたしの目から見ても、北国藤原の力はたいしたものだ。今のままでは誰もそれを知らない。しかし、そなたが手練《てだ》れの者どもを引き連れて宮様の供をすれば、都中に名を示すことができるのだぞ？　滅多にないいい機会なのに、それをふいにする気か？」

「何度言われても同じこと。都には興味がない。断言してもいい。父の考えも同じだろう。我が一門は、都に出ていく気はない」

さらりと言ってやると、怒りのためか、目に見えて真親の貌が歪《ゆが》んでいく。

「鷹顕殿は宮様を不憫《ふびん》とは思われないのか？」

「芳が不憫？　ああ、まったくそんなふうには思わんな」

「なんという言い草だ……そなたはいったい宮様をなんだと思っている？」

貌を赤くした真親に、鷹顕はさらりと告げた。

「芳は芳。それ以外にないだろう」

真親は悔しげに眉根を寄せた。

だが、すぐに振り返って、控えていた俊顕に声をかける。

「そなたからも言ってやらぬか。弟が嫡男だからといって、遠慮することはないだろう。ものを知らぬ者に世のことを教えるのは、年長者の務め。都行きの利を、とくと言い聞かせてやればいい」

「はっ、……しかし、それは……」

叱咤《しった》された俊顗は、短く呟いただけで口を閉ざす。

それを見た真親は、ほとほと呆れ果てたといったように首を振る。

鷹顗は、そんなふたりを眺めながら、この場にはいない芳宮へと想いを馳《は》せていた。

芳宮の出立は間近に迫っている。

時がない。それなのに鷹顗は、いまだに有効な手立てを見出《みいだ》せずにいた。そのうえ、無理やり抱いたせいで、芳宮との仲も気まずいままになっている。

もちろん鷹顗には、芳宮に謝る気などなかった。いきなりだったのは悪かったと思うが、芳宮を抱いたことに後悔はない。当然のことだとも思っている。

しかし、芳宮がどうして急に北国には戻らないと言い出したのか。その理由すらもわかっていない状況だ。

そして、もしこのまま芳宮を確実に己の傍に置く方策が立たねば、芳宮とは本当にこれきりになってしまう可能性もあるのだ。

芳のやつ、何を考えている。

目の前ではまた真親が随身になれと言い始めている。

だが、聞きたくもない言葉は、すべて耳を素どおりしていた。

†

北国藤原の屋敷を出立する朝は、あいにくの雨だった。

芳宮は一睡もせずに夜を明かし、必死に胸の痛みを堪えていた。鷹顕とは結局話もできず、貌さえ合わせられないままで、とうとうこの日を迎えてしまったのだ。

本当にこれきりになってしまうのだろうか。

そう考えただけで、息の根まで止まってしまいそうだ。

「芳様、輿のご用意が調いましてございます」

直衣を身につけた芳宮を呼びにきたのは、俊顕だった。

御簾の向こうでは、慣れ親しんだ侍女たちが芳宮との別れを惜しんで早くもすすり泣いている。

出立すれば、もう二度とこの地に戻ってくることはない。

輿に乗ってしまえば、もうお終《しま》いだ。

恐怖に駆られた芳宮は我慢できずに問いかけた。

「鷹顕殿はどちらに？　お別れのご挨拶がしたい」

だが芳宮の言葉を聞いた俊顕は、何故かばつが悪そうに眼差しをそらす。

「申し訳ありません、芳様。鷹顕は、ご挨拶を受けるには及ばないと……」

あまりのことに、芳宮は声もなかった。

ぐらりと身体が揺れて、倒れてしまいそうになる。

「……た、鷹顕殿は、それほどわたしを厭《いと》うておられるのか？　わたしが勝手に都へ行くと言ったせいで？　わたしが……わたしが、心にもなく嫌いになったと言ったせいで？」

芳宮は責めるようにたたみかけた。

衝撃が強過ぎて、事情を知らぬ俊顕への配慮もできない有様だ。

「芳様、鷹顕は芳様を嫌っているわけではなく……」

「でも、わたしには逢いたくないと言ったのでしょう？」

「そうではありません」

「それなら、鷹顕はどこにいるの？　寝殿？　それとも東の対？」

「芳様……」

いくら問い詰めても、俊顕ははかばかしい返事をしない。

「いい……それなら自分で捜しに行く」

芳宮はそう言っただけで、ふらふらと歩き出した。

足元が覚束《おぼつか》ないのは、目の前が真っ暗になっているせいだ。

もう二度と北国には戻れない。その事実に変わりはないが、心ないことを言ってしまったことだけは謝りたかった。それなのに鷹顕はあの夜以来、自分を避けているようで、屋敷に戻ってからも一度も貌を見せてくれなかったのだ。

ただでさえ別れがつらいのに、このまま逢えなかったとしたら、もう死んでしまったほうがましだ。

もう一度、せめて最後に貌が見たい。

優しい言葉をかけてほしいなどと我が儘は言わない。

ただ最後に一度だけでいいから、鷹顕に逢いたかった。

「芳様、お待ちください。もう出立の刻限です。一門の者も芳様をお見送りしようと、すでに御門で待っております」

後ろで俊顕が焦ったような声を出すが、芳宮は構わず渡殿を歩き続けた。

寝殿の母屋を覗いて、そのあと東の対へと足を伸ばす。そこでも鷹顕を見つけられず、さらに屋敷中を捜して廻った。

「鷹顕……鷹顕……」

名前を呼ぶと、堪えきれずに涙がこぼれる。

屋敷内は閑散としていた。俊顕が言ったとおり、皆、門前に揃って自分を待っているのかもしれない。

それでも諦めることができず、芳宮はとうとう厩にまで足を伸ばした。

天からは、しのつく雨が降ってくる。出立のための装束が濡れてしまうのもかまわず、ふらふらと歩を進める。

「鷹顕……っ」

厩の前に立つ懐かしい長身を目にした瞬間、芳宮は喉を詰まらせた。

やっと見つけた！

今にも疾風を曳《ひ》き出そうとしているのは鷹顕だ。

少しでも早く傍に行こうと、芳宮は夢中で走り出した。屋内からそのまま来たので、浅沓《あさぐつ》は履いていない。襪《しとうず》のままだ。

しかし、白砂を踏む物音に気づいた鷹顕が、怖い貌で振り返る。

「何しに来た？」

冷ややかな声に、芳宮はその場で足をすくませた。

「た、鷹顕……」

名前を呼んだはいいが、あとの言葉がまったく続かない。

「こんなところで何をしている？　もう出立の刻限だろう」

鷹顕は僅かの動揺も見せずに淡々と口にする。

これが一生の別れとなるのに、もう自分にはなんの関心もないといった態度だ。

胸の奥が鋭い小太刀《こだち》で抉られたかのように痛む。

「鬼王丸《きおうまる》……わ、わたしは……わたし、は……っ」

「早く行け。皆を待たせるな」

涙が溢れ出して止まらなかった。それなのに鷹顕は、さらに冷たく言い放っただけで、背を向けてしまう。

疾風の手綱《たづな》を曳き今にもその背に飛び乗ろうとしている鷹顕に、芳宮は懸命に縋りついた。

「き、鬼王丸、待って……待って……っ！」

「今さらなんの用だ？　おまえは都へ行くと自分で決めたはず。だったら、これ以上未練がましい真似をするな」

鷹顕はしがみついた芳宮の手をつかみ、ぐいっと自分の身から引き剝がす。

必死に見つめても、端整な貌には僅かな感情の揺らぎも見えなかった。

本当に見捨てられてしまったのだろうか。

子供の頃から、あんなに慕ってきたのに……。

都へ行って二度とこの地には戻らない。

そう言っただけで、すべてがこんなにも変わってしまうなど、到底信じられない。

けれども、鷹顕はもうあの優しい鬼王丸ではなくなってしまったのだ。

ここにいるのは、北国藤原一門を率いる次期頭領。芳宮だけをいつも特別扱いしてくれた鷹顕ではなかった。

どうしてこんなことになったのだろう。

芳宮は不思議に思いながら、がっくりとその場にへたり込んだ。

もう涙も出てこない。

そして鷹顕も、もう芳宮には見向きもせずに、疾風に乗ろうとしている。

だが、その時、大声を上げながら駆け寄ってきた者がいた。

「若！　子供じみた真似はなさいますな。今日は芳様の晴れの日。きちんと見送って差し上げるのが筋ですぞ。気にくわないことがあるからと言って、そんな度量の狭いことでどうなさる？」

ぼんやり振り向くと、遠慮もなく鷹顕を叱《しか》りつけたのは寛季《ひろすえ》だった。

「ちっ、寛季か」

突然出現した元守り役に、鷹顕は貌をしかめて舌打ちする。それでも、疾風に乗るのは思い直したようで、座り込んでいた芳宮に向かい、仕方なさそうに手を差し出す。

芳宮は長年の習慣で何も考えずに、その温かな手に自分の手を預けた。

「ありがとう……」

そっと囁くと、預けた手をぎゅっと握られる。

その温かさと力強さに、思わずため息が出る。

鷹顕はまだ怒っているのかもしれないが、芳宮にはそれで充分だった。

自分から離れると決めたはずだ。

だから、鷹顕が言ったとおり、もう未練がましい真似はしない。

「つらく当たって悪かった。寛季の言ったとおり、ちょっとむしゃくしゃしていただけだ」

「うん……」

鷹顕に謝られ、芳宮はただ頷いた。

すると鷹顕は、芳宮の手を握ったままで歩き出す。

肩を並べて輿が待つ門に向かうと、鷹顕を叱りつけた寛季が素早く白砂に両手をついて平伏する。その逞しい肩先が小刻みに震えているのは、きっと自分に詫《わ》びているのだろう。

「芳、嫌になったら戻って来てもいいぞ」

芳宮の手を引いて進む鷹顕が、唐突にそんなことを言う。

「うん」

芳宮は再び子供のように頷いた。

そのひと言が貰えただけで充分に報われた。胸の奥は今でも激しい痛みを訴えているけれど、もう充分だ。

何よりも、自分は鷹顕のために身を退くと決めたのだ。

だから、これからは鷹顕の思い出とともに生きていくだけだ。

九の章

芳宮《かおるのみや》を乗せた輿はゆるゆると街道を進んでいた。

初秋に北国を立ってから、ふた月余りが経過していた。

騎馬で先頭を行くのは藤原俊顕《ふじわらのとしあき》。そして配下の武士が五十騎ほど行列を警護している。芳宮を乗せた輿、そして中将真親《さねちか》を乗せた輿の他、山ほどの財宝やら装束やらを積んだ荷車が何台も続いていた。行列に従う者の多くは徒《かち》で進んでいる。それゆえ、一日に行ける距離はたかが知れており、まるで亀の歩みのようだった。

北国を立った頃はさほどではなかったが、今はもう朝晩の冷え込みが身に染みるようになってきた。

心の中が虚《うつ》ろなので、よけいに寒さが堪えているのかもしれない。

鷹顕《たかあき》とは最後になんとか別れの挨拶は交わせた。嫌になれば戻ってこいとも言ってもらえたが、それに従うわけにはいかない。

頭領煕顕《ただあき》の命もあって、都行きの準備が疎《おろそ》かになることはなかった。煌《きら》びやかな装束や、細々とした日用の小物、それに調度として使う几帳や衝立まで、芳宮の身分に相応しいものが新しく用意された。

都の人々に土産として渡すものも、宋渡りの珍しい品々が揃えられている。藤原真親にも相応のものが贈られ、それで長い行列となっているのだ。

けれども、芳宮の気持ちはいっこうに晴れなかった。

鷹顕にはもう二度と逢えない。

そう思うたびに、身を切り裂かれるような痛みを感じる。

輿から覗く景色は珍しく、また子供の頃とは違ってそれを眺める余裕もあるはずだ。

しかし、美しい景色も、今の芳宮には虚ろにしか映らない。

輿に揺られていても、唇から漏れるのは重いため息ばかりだった。

都へ一歩近づくたびに、まるで暗い穴蔵に落ちていくかのような感覚に襲われる。

懐かしい人々に逢いたいという望みも、今となっては完全に色褪せ、なんの感動も呼び覚まさなかった。

目に映る景色も色や光をなくし、ただゆらゆら揺れる影の中を進んでいる気がする。

そして、あとひと月もすれば、自分は都という暗闇《くらやみ》に閉じ込められてしまうのだ。

すべては自ら望んだことだ。

鷹顕が好きで、だからこそ離れなければならなかった。

わざと嫌われるように仕向け、そのとおりになっただけだ。

生きる喜びなどとうに失われ、ただの抜け殻として虚ろに日々を過ごしている。

辛うじて正気を保っているのは、周りにまだ自分を気遣う者がいるからにすぎない。

しかし、その要《かなめ》である真親の様子が、このところとみにおかしくなり始めていた。

宿に到着するたびに随行の俊顕を呼びつけ、まるで人が違ったように怒鳴りつけている。

「俊顕、この宿はいったいなんだ？　我に、いや、宮様にこのようなみすぼらしい宿で夜を過ごせと、本気で言っているのか？」

「申し訳ありません、中将様。このあたりではこの宿が限度。近くには名のある豪族の屋敷もございません。どうぞ、今宵ひと晩だけ、我慢していただけませんか」

宿の部屋に入ったと同時、俊顕は板間に頭を擦りつける。

芳宮の目から見て、さほどひどい感じはしないのだが、贅沢に慣れた真親には耐えられないらしい。

それに真親は、俊顕を責める際には必ず芳宮の名を引き合いに出す。

「真親殿、わたしなら大丈夫です。今日はもう疲れました。ここで休みましょう」

芳宮がふたりの争いを見かねて止めに入ると、真親の機嫌はますます悪くなる。

「宮様、何もかもこの俊顕が、気が利かないせいです。鷹顕を連れてくれれば、こんなことにはならなかったのに……」

じっとりと恨みのこもった目でにらまれて、芳宮は視線を落とした。

真親は、あれだけ衝突していたくせに、何故か鷹顕にこだわっている。

北国を出る時、芳宮はさらりと鷹顕に随行を頼む気はないと告げた。その折も真親はずいぶんと愚痴を言っていた。

この頃では、芳宮に向かい、文を書け、文を書けとうるさいほどだ。

「宮様もお元気のないご様子。鷹顕殿が懐かしくていらっしゃるのでしょう。今すぐ追いかけてきてほしいと、文を出されてはいかがですか？　鷹顕殿も宮様のことをずいぶん気にしておられた。今頃、ひどく心配なさっているかもしれない」

陰気な笑みとともにくどくどと勧められ、芳宮は背筋を震わせた。

この頃の真親は明らかにおかしくなっている。雅で爽やかな公達といった印象が薄れ、今では暗く陰湿だと感じるほどだ。

しかし、いずれにしても賽《さい》は投げられてしまったのだ。今さら真親を遠ざけるわけにもいかず、芳宮はますます閉塞感に悩まされるだけだった。

「真親殿、何度も申し上げましたが、鷹顕殿を呼ぶ気はありません。あの方は嫡男なのです。北国を遠く離れることなど、考えられないでしょう」

芳宮はそう口にしつつ、ちらりと鷹顕の姿を思い浮かべた。

真親がいくら勧めても、鷹顕に縋る気はない。助けを求める気もなければ、呼び寄せる気もなかった。

行列がこうして遅々とした歩みを進めている間に、鷹顕は誰かと婚姻を結んでいるかもしれない。

鷹顗に嫁《か》したいと望む者はいつだって大勢いたのだから、今はもうそのうちの誰かと縁を結んでいるかもしれないのだ。

誰か他の人を愛する鷹顗など見たくはない。そんな姿を見るくらいなら、死んだほうがましだった。

鷹顗に抱かれてからもうずいぶん時が経つのに、身体の芯にはまだあの時の甘い痛みが残っている気がする。

最奥まで無理やり身体を拓《ひら》かれて、鷹顗の熱を受け入れさせられた。あの時のめくるめく陶酔が、まだじくじくと残っているのだ。

旅の疲れもあってか、食欲がまったくなくなった。このところ毎日ぼうっとしているのは、身体が気怠《けだる》いからだ。

何もしたくない。何も見たくない。

そう思うのに、鷹顗の名残《なごり》が身体の芯を疼かせる。

「宮！　何をぼうっとしておられる？」

「え？　真親殿？　どうかしたのですか？」

ぼんやりしていた芳宮は、険悪な表情を浮かべた真親に気づいて驚きの声を上げた。

宿に着いて、ひとしきり俊顗を罵倒《ばとう》していたはずだ。けれど、これほどまでにどす黒い貌はしていなかったはず。

「何が起きたかも知らぬとおっしゃる気ですか、まったく」

憎々しげに吐き捨てられて、芳宮は首を傾げた。

真親の機嫌は悪くなる一方だった。しかし、自分にまでこんなふうに突っかかってくるのは初めてのことだ。

「何かあったのですか？」

芳宮はそこで初めてあたりを見廻した。

室内にいるのは真親の他に俊顕だけ。そして、真親はいつも優雅に檜扇を握っている手で、書状をわしづかんでいる。

「何かあったのかではありません。都からの急使です。上皇がとうとう病の床につかれた」

「上皇様が？」

そう聞いても、あまり衝撃は感じない。

ご高齢ゆえのことだろうと、お気の毒に思うだけだ。

「あと少しのところで、我らは後れを取ったのですよ」

「後れを取る？　それはどういうことですか？」

何も思い当たるふしのない芳宮は、再び首を傾げて訊き返した。

真親はそれでまた怒りを再燃させたらしく、がっと両肩をつかんでくる。

「上皇が生きているうちに、あなたを東宮の座につける。それが目的だったのに、これでは左大臣家の思う壺《つぼ》だ」

「待ってください、真親殿。わたしはそのようなこと、何も聞いていません。それに、どうして今さらわたしなどが東宮候補となるのです？」

芳宮は心底不思議だった。

父が東宮になり損ね、それで芳宮の人生が一変した。遠い北国にいる自分は、都では忘れられた存在だったはずだ。それなのに、何故、東宮候補だなどと言い出したのか、理解できなかった。

真親は呆れたように端整な貌を歪めている。

「左大臣家にはしてやられた……だが、まだ負けたわけではない。宮様、今まで散々尽くして差し上げたのです。そろそろ役に立っていただけますね？」

「真親、殿……」

底の知れない悪意を見せつけられたようで、背筋が震える。

今の真親は優美な公達という面を捨て、醜い欲望を剝き出しにしているようだ。

「今すぐ北国の鷹顕殿を呼び寄せるのです。助けてくれと文を書いていただきましょうか」

「ど、どうして鷹顕殿を……？」

芳宮は恐怖を感じながらも、辛うじて問い返した。

視線を彷徨《さまよ》わせると、俊顕の姿が目に入る。しかし、その俊顕の貌も歪んでいる。

「本当におめでたい方だ。蝦夷などと一緒にお育ちになったゆえ、そうも暢気《のんき》でいられるのでしょうが」

明らかな侮蔑《ぶべつ》に、芳宮は眉をひそめた。

自分のことはいい。だが、鷹顕や藤原一門を蔑むような言葉は許しがたかった。

「どういうことですか？　何故、鷹顕殿を呼び寄せなければならないのです？」

「それでは、何もかもお教えしましょう。あなたの身柄など、どうでもよかったのですよ。わたしが欲していたのは北国の武力。それを牛耳《ぎゅうじ》っている嫡男の鷹顕だ。鷹顕があなたに懸想していることはすぐにわかった。あなたをうまく利用すれば、鷹顕も連れ出せると踏んでのこと」

「！」

聞かされた言葉がすぐには信じられなかった。

見捨てられた自分のような者にも優しくしてくれる真親に対し、どれほど親しみを感じていたことか。それを悉《ことごと》く裏切られたのだ。

自分がどれほど愚かだったか。どれほど甘かったか。今さら気づいたとて手遅れだ。

「さあ、宮様、文を書きなさい」

真親が肩から手を滑らせて、頬に触れてくる。

すうっと下から上へとなぞられて、ぞっと鳥肌が立つ。

真親は、ついでのように芳宮の黒髪をひと房つかんで、自分の口に咥える。

怖かった。刃《やいば》を突きつけられているわけでもないのに、背筋が凍りつく。

面を外した真親が、どれほど残忍で恐ろしい男か、芳宮は肌で感じ取っていた。

「さあ、鷹顕に、今すぐ助けにきてほしいと書きなさい。敵に襲われそうだから、手勢も連れてきてほしいと頼むのです。あの男、あなたを輿に乗せた時、わたしを殺してしまいそうな貌をしていた。さあ、宮様。あなたにできることはこれしかない。鷹顕を呼ぶんだ」

何度も脅すように言われ、芳宮は首を振った。

怖くてたまらない。でも、真親の脅しに屈するわけにはいかない。

大切な鷹顕を、都の公卿同士の争いごとに巻き込むような真似はできない。

絶対に、都になどこさせてはならなかった。

「さあ、何をしているのです？　宮様」

真親が再び頰に触れてくる。

それを仰け反って避《よ》けながら、芳宮はきっぱりと口にした。

「嫌です。文など絶対に書きません！　鷹顕をそんなくだらない争いに巻き込むくらいなら、この場で死んだほうがまし」

「なんだと？　おとなしくしておれば図に乗って！　せっかく拾い上げてやったものを、今になって逆らう気か？　おまえもだ、俊顕！　間抜《まぬ》け面《づら》をさらしてないで、なんとしても、こいつに文を書かせるのだ。おまえは弟より高い冠位を得るのが望みだっただろう？　おまえを従五位《じゅごい》の下《げ》にするのは、我が右大臣家に任せておけば簡単なことだ。どうした？　さっさと宮に文を書かせろ。おお、そうだ。おまえもついでに弟に助けを求めろ。冠位のためだ。それくらい簡単だろう？」

真親の激高《げっこう》は、俊顕にも向けられる。

芳宮は恐怖に震えながらも、どこか悲しい思いで真親と俊顕を眺めていた。

従五位の下――それがなんだと言うのだろう？

有職故実《ゆうそくこじつ》に則《のっと》って、身分ごとに身につけるものの色を決め、また私的にも、季節ごとにあれやこれやと風雅な遊びに興じる。

それのどこに魅力があるのか、さっぱりわからない。

北国の野山を自由に駆け廻る喜びに比べ、なんと小さな楽しみか……。

「俊顕殿、騙されてはなりません。あなたは即刻お帰りになったほうがいいと思います。こんなところに残って、無駄な争いに巻き込まれることはない」

芳宮は微笑みを浮かべて言った。

「芳様！」

驚愕《きょうがく》の表情を浮かべた俊顕と、鬼のような形相の真親。

「あくまで逆らうのかっ！　逆らえばどうなるか、教えて差し上げようか？　あなたなど鷹顕を釣り上げるための餌でしかない。その役にも立たぬなら、あとはこのきれいな貌を使うだけだ。どうしても文を書かぬというなら、稚児《ちご》として寺に売りつけてやる。あなたの清純な色香、高貴な血筋。坊主どもはさぞ喜ぶことだろう。高値がつくのは間違いがない」

「……まさか、そんなことまで……」

「利用価値があると思えばこそ、今まで大事に扱ってきたのだ。餌にもならぬと言うなら、そうするしかない。なんなら、わたしが最初に味見してやってもいいぞ。それとも、すでに鷹顕に抱かれて肉の悦《よろこ》びを知っているのか……」

優雅な公達だと思っていた真親の、あまりの豹変ぶりに、芳宮は胸が悪くなった。

「中将様、いくらなんでも、それは……」

後ろで俊顕が宥めるが、真親はますます凶悪な貌つきになるだけだった。

「……いくら、脅しても無駄です。わたしは絶対に、鷹顕を呼び寄せたりしない」

「このっ！」

激高した真親の両手が細い首に絡みつく。

「……ぐ……ぅ」

ぐいぐい締めつけられて、芳宮はかくりと意識を手放した。

†

芳宮が重い頭痛とともに目覚めたのは翌朝のことだった。

喉にも鈍い痛みが残っている。真親に殺されかけた跡だ。

しかし、目覚めてみると、何事もなかったかのような一日が始まる。

宿直《とのい》の者が朝餉《あさげ》を運んできて、それが終われば着替え。そして、また輿に乗るように言われる。

ちらりと真親の様子を窺ったが、何事もなかったかのように涼しげな出で立ちだ。

馬で先行する俊顕も同じ。何も変わったところがなかった。

まさか、昨日のことが夢だったとでも?

まるで狐に化かされたかのような心地で、芳宮は首を傾げるだけだった。

のろのろと輿で都を目指しているのも同じ。

夜は夜で、今までと同じように、静かに時が過ぎていく。真親は昨夜のことなど知らぬ貌で、何かと芳宮のことを気遣ってくる。

長旅でさぞお疲れでしょう。しかし、都はもうすぐです。懐かしい人々にもうすぐ逢えますよ。

そんな意味合いの歌まで送って寄こすにいたり、芳宮は、やはりあれは夢だったのだろうかと思い始めていた。

あんなにうるさく文を書けと言われていたのも嘘のように、真親は極めて機嫌よく穏やかにしている。

ふつか、三日とそんな日々が過ぎ、芳宮は、鷹顕が恋しいあまり、自分のほうがおかしくなっていたのだろうかと思い始めた。

けれど四日目のこと。ふと俊顕の姿が見えないことに気づく。

その日の宿は立派な山門を持つ寺だった。都まではまだ距離があるが、古くから拓かれた名刹《めいさつ》だという。

寺の奥まった部屋にとおされ、芳宮はさりげなく訊ねてみた。

「俊顕殿はどうされたのでしょう？」

振り返った真親は柔和な貌に笑みを浮かべる。

「ああ、俊顕は都へ急使に出しました。宮様をお迎えする準備が滞りなく進んでいるかどうか、確かめさせようと思いまして」

「そう、ですか……」

真親の答えはよどみなく、特に不審な点もない。

俊顕をまるで自分の随身であるかのように扱う真親に、かすかな疑問を感じただけだ。

「宮様、長い間ずっと輿に揺られ、さぞお疲れでしょう。幸いこの寺には気の利いた者どもがいるようです。ここで二、三日、休んでいきましょう」

寺に留まると言われ、さらに不安が大きくなる。

けれども真親は、にこやかな笑みを浮かべており、何かを隠しているような様子もない。

いずれにせよ、芳宮には真親についていくより他に道はなかった。

「……わかり、ました……」

「それでは、夕餉《ゆうげ》の時にまたお目にかかりましょう」

真親はそう声をかけて部屋から出ていく。

侍女が足音もなく近づいてきて、狩衣を脱ぐ世話をし始める。

考えすぎだろう。

芳宮はそう思い直し、ほうっと深い息をついた。

†

寺では滋養に満ちた夕餉の膳が供された。

しかし、芳宮は食欲がなくて、ほんの少し箸をつけただけだ。薬湯も勧められたが、口にしてみるとかなり苦かったので、これもほんの僅か飲んだだけだ。ただ、最後に出された宋渡りのお茶が美味《おい》しくて、これだけは最後まで飲み干した。

身体が怠《だる》いのは毎日のこと。

休む前に沐浴《もくよく》をと言われた時、身体が少しふらついたが、それも気になるほどではなかった。でも、湯に浸《つ》かり身体が火照《ほて》ったせいか、寝間に戻る途中、胃に残っていたものを少し吐いてしまった。

口を濯《すす》ぐと、すぐに吐き気も収まり、その後、褥に入って芳宮はすうっと眠りについた。

異変を感じたのは、それからしばらくしてからだった。

「……ん……」

頬に何か不快な感触があって寝返りを打つ。身体が妙に重く、思い切って起きようとしても、まぶたが重く貼りついていて簡単には開かなかった。

その時、とんでもない声が聞こえてきたのだ。

「まことにお美しい宮様じゃ」

「ほんに、菩薩《ぼさつ》様のようなお貌をしておられる」

その直後、かさついた手で頬を撫でられる感触がある。

芳宮はぞっと背筋を凍らせたが、それでもほとんど身動きは叶わなかった。

「そら、あまりいじくると、せっかく気持ちよくお休みなのに、目が覚めてしまわれるぞ」

「いや、宮様にはたっぷり眠り薬を服していただいたゆえ、大丈夫であろう。ほんに中将殿も罪なことをなさる」

「あまり人聞きの悪いことを申されるな。わたしは単に、この寺で宮様をお預かりくださらぬかとお願いしているまで」

「お願いのぉ……」

まぶたは上がらなかったが、意識は徐々に覚醒していた。

人当たりのいい真親の微笑に、また騙されたのだ。

首を絞《し》められた時、寺の坊主に自分を売りつける。真親はそう言っていたのに……！

鷹顕……助けて……！

芳宮は胸のうちで思い切り愛しい者の名を叫んだ。

けれど眠り薬を盛られた身体は少しも動かず、声も出せない。

こんな者たちに犯されるくらいなら、いっそのこと目覚めなければよかった。

「さあ、宮様の観賞はそれぐらいにして、あちらで話を詰めましょうか。宮様は何もご存じない。ここでうるさくして目を覚まされても困るでしょう」

「まあ、嫌がる稚児に色々してやるのも興があってよいがのぉ」

だが、幸いなことに下卑《げび》た会話はここで終わりとなった。

褥を囲んでいた者たちがぞろぞろと別室へ引き揚げていく気配がする。

誰もいなくなった部屋で、芳宮はひと筋の涙をこぼした。

坊主たちが今にも戻ってくるかと思ったが、その後しばらくしてもそれらしい物音がしない。

　そのうち、努力すれば手を動かせるようになり、次にはようやくまぶたも開く。

　もう少しで眠り薬の効能が消えそうだ。湯浴《ゆあ》みのあと、胃の中のものを吐いてしまったのが幸いしたのかもしれない。

　芳宮はじりじりしながら、身体の回復を待った。

　もし、誰かが戻ってくれば、それで終わりだ。

　とにかくここから逃げ出すしかない。たとえ殺されても、あんな者たちの慰み者になるのは絶対に嫌だった。

　しばらくじっとしていると、痺れていた足腰になんとか感覚が戻ってくる。

「……くっ……ぅぅ」

　芳宮は歯を食い縛り、懸命に思いどおりにならない身を起こした。

　逃げるにしても、どこへ行けばいいか見当がつかない。それでも、なんとかこの寺から外に出るしかなかった。

　芳宮は長い時間を費やして、ようやく歩けるところまで回復した。

　着替えている暇などない。夜着のまま素足で外を目指す。途中で目についた小太刀だけを手に、必死に部屋の外に出た。

　青白い半月がそろそろ中天にかかろうかという時刻だ。ひんやりと凍《い》てついた夜の気が薄着の身体にまとわりつく。

しかし、万にひとつも見つかってはならない。そう思って参道は避け、山林の中へと足を踏み入れた。

「くっ」

月明かりがあるとはいえ、木立の中では闇が勝る。不自由な身体ではまともに歩くことすらできず、木の根に何度も足を取られて転んだ。

あちこち泥だらけ。そのうえ足の裏や掌にいくつも傷ができた。

でも、痛みなど何ほどのことでもなかった。とにかく、寺から少しでも遠く逃げることだけを考えて薄闇の中を進んでいく。

だが、最後に大きく転んだ時に、芳宮の気力はふっつりと切れた。

いったい、どこへ逃げるというのか……。

懐かしい北国へ帰りたかった。

鷹顕の元に戻って、思い切り抱きしめてもらいたい。

たった一度契《ちぎ》りを交わしただけだけれど、身体を繋げられて嬉しかった。

もう一度逢うことが叶うなら、素直に心情を訴えたかった。

でも、自分が戻れば迷惑になる。

鷹顕は許してくれるかもしれないが、きっと自分で自分が許せなくなる。

自分は鷹顗の迷惑となるだけで、なんの益にもならない。

真親に頼り、都に行けば、静かに暮らしていけるかもしれないと思ったが、それも甘い考えだった。

帝の血を引いている。

たったそれだけのことで、また真親のような獣の餌食《えじき》になるのがおちだ。

さっき転んだ時、木の幹に激しくぶつかった。

足をどこか傷めたのか、まともに立ち上がることさえできない。

今は身を隠していられるが、朝になれば自分の失踪が知れてしまう。山林を捜索されれば、簡単に見つかってしまうだろう。

そして、最後は寺の坊主の慰み者となる運命だった。

「……鷹顗……鬼王丸《きおうまる》……鬼王丸、だけだった……なんの条件もなしで、わたしのことを見てくれたのは……」

掠れた声で呟いて、芳宮は涙を溢れさせた。

よくしてくれた鷹顗の父も、守り役も、自分のことをあるがままの、ただの人だと思っていたわけではない。突然転がり込んできた厄介者として、仕方なく受け入れてくれていただけだ。

都の懐かしい話をしてくれた真親にいたっては、最初から完全に自分を利用する気でいたし、悪巧《わるだく》みに気づかず信じていた自分が莫迦だとしか思えない。

「もう、いい……たくさんだ」

芳宮は大きくため息をついて、自分の手元に視線を落とした。

泥で汚れきった手には、小太刀がある。

芳宮は淡く微笑んだ。

そうだ、命を絶ってしまえばいい。

そうすれば、もう誰にも迷惑をかけないし、騙されることもない。

鷹顕に抱かれた思い出だけを胸に、死んでいける。

そう、死んでしまえばいいだけだ。鷹顕の元に戻れないなら死んだほうがいい。

決意を固めると、もう迷いはなくなった。

もう一度、最後にもう一度だけ鷹顕に逢いたかったけれど、それも未練だろう。

なんとかこの山林から逃れ、のこのこ北国に帰っても、鷹顕が誰かのものになっている姿を見るだけかもしれない。

それぐらいなら、今すぐこの場で命を絶ったほうがいい。

「……鷹顕……鬼王丸……今まで、ありがとう……ずっと好いていた……鬼王丸だけだったから……」

芳宮はそう囁いて、小太刀の柄《つか》を握りしめた。

朽ちた葉の積もる地面に鞘《さや》を落とし、刃先を首に当てて、静かに目を閉じる。

そうしてすべての未練を断ち切って、一気に柄を持つ手に力を入れた。

その刹那、ひゅんと鋭く空気を裂く音がする。

「ああっ」

ばしっと手の甲に礫《つぶて》が当たったような衝撃を感じた瞬間、芳宮は小太刀を取り落とした。

もしかして、見つかったのか？

ぞっと背筋を凍らせながら、闇の中で地面を探る。落とした小太刀を一瞬でも早く手にしなければ、すべては無駄になってしまうかもしれない。

だが、恐慌をきたした芳宮の耳に届いたのは、この場にはいるはずのない男の声だった。

「莫迦者！」

激しく罵倒され、次の瞬間には利き腕を捻り上げられる。

「き、鬼王丸……っ」

ありえない展開に目を瞠った芳宮を、鷹顕はきつく抱きしめてきた。

「この莫迦が！　自ら命を絶とうとは、いったいどういう了見だ？　おまえの命は俺のもの。勝手にしていい道理がなかろう」

憤慨する鷹顕に、芳宮は涙を溢れさせた。

これはきっと夢だ。鷹顕に抱きしめられているなど、夢に違いない。

それでも、溢れた涙は止まらなかった。

「ど、どうしてもっと早く、来てくれなかった？」

「なんだと？」

「こ、怖かった……寂しかった……嫌だ、もう……鷹顕と離れているのは、嫌だ」

「当たり前だ、莫迦が……俺がおまえを離すわけないだろう。そんなこともわからなかったのかまったく、俺が咄嗟に木の実を投げつけねばどうなっていたことか。おまえは自分の命ばかりか、俺の命まで奪おうとしていたのだぞ」

「だ、だって……ひっく……だ、だって……鷹顕は冷たくて……ひ、っく」

芳宮はひしと鷹顕に抱きついて、子供のようにしゃくり上げた。

鷹顕は直垂の上に革の胸当てをつけ、矢筒を背負っている。硬い感触が頬に当たって痛かったけれど、それでも懸命にしがみついていた。

鷹顕の腕が背中に廻り、しっかりと抱きしめられる。薄ものの白い夜着だけの芳宮はすっぽりと逞しい胸の中に収まる。

「迎えに来るのが遅くなってすまなかった。おまえが出立した時、おまえを冷たく扱ったことも悔いている」

「悲しかった……すごく、つらくて……寂しくて」

「ああ、本当に悪かった。しばらくの間とはいえ、おまえを手放さなければならず、力不足の己に苛立っていたのだ。おまえがつらい思いをしていたことはわかっていたのに、寛季に叱責されたとおり、俺はまったくの餓鬼だった。許せ」

真摯に謝られ、芳宮は首を左右に振った。

「ううん、わたしのほうこそ、嫌いだなどと言って、ごめんなさい。本心じゃなかった。もう鷹顕の傍を離れるのは嫌だ。だから、ずっと北国にいさせてほしい。決して邪魔はしないから……鷹顕が北の方を迎えても、邪魔はしない。迷惑もかけないようにする。だから……だから……っ」

「やっぱりおまえは莫迦だ。俺がおまえ以外の者を傍に置いたりするか」

鷹顕はぎゅっと芳宮を抱きしめながら、信じられないことを言う。

「でも、寛季が……」

「ああ、あの頑固《がんこ》者か……ふん、一生口をきいてやらんと脅してやったわ。そしたら一発で、おまえによからぬことを吹き込んだと白状した」

いかにも憎々しげに言う鷹顕に、芳宮はようやく微笑を浮かべた。

鷹顕にやり込められている姿が思い浮かび、寛季が気の毒になる。

「でも、寛季だけじゃない。鷹顕は嫡男なんだから」

胸に痛みはあるが、芳宮ははっきりと口にした。

北の方を迎えるところは見たくない。そんな我が儘な気持ちを抱いたばかりに、こんな目に遭ったのだ。離れていた間、どれほど苦しかったか。それを思い出せば、どんなにつらくても我慢できる。

「おまえに知らせることがあった。俺はすでに子持ちだぞ」

「えっ?」

予期せぬ言葉に芳宮はどきりとなったが、鷹顕の精悍な貌にはにこやかな笑みがある。

「養子をもらったのだ。もう五歳で、かなりの腕白《わんぱく》坊主だ」

「……養子……?」

あまりに思いがけなくて呆然となる。

「さて、帰るぞ。こんな場所に長居は無用だ。おまえ、歩けないだろ? 負ぶっていってやる。さあ」

先ほどの言葉にはなんの説明もない。矢筒を外しただけで、そら、と背を向けられる。

だが、迷ったのはほんの一瞬で、自然と逞しい背に身体を預けてしまう。

長い遠廻りをして、ようやく自分があるべき場所に辿《たど》り着いた。

寺のことや真親のこと、そして俊顕がどうなったのか、気になることはまだたくさんあったけれども、今はこの居心地のいい背中の温かみだけを感じていたかった。

十の章

鷹顕《たかあき》とともに寺のある山林を下り、麓《ふもと》の村にきた芳宮《かおるのみや》は、小さな荘園を管理している者の館に落ち着いた。

北国藤原《ふじわら》に縁のある者の館だという。

寝床を用意され、ふたりきりになったとたん、不意に忘れていた羞恥が噴き上げてくる。

芳宮を先に寝かせた鷹顕は、なんの頓着もなく上掛けをめくり、逞しい身を横たえる。

傍らに鷹顕の体温があることが嬉しくて、恥ずかしい。

どうしようもなく、まぶたを閉じると、何故かまた涙が滲んできた。

「莫迦、もう泣くな」

「うん」

子供の頃と同じように頭を撫でられて、芳宮はこくんと頷く。

鷹顕はそのまま、そっと芳宮を抱き寄せてきた。

腕枕をされて、身を擦り寄せると、いっそう安心する。

「おまえのことは俊顕《としあき》兄に頼んであったが、間に合ってよかった」

「え？　俊顕殿、が？」

意外な言葉に、芳宮は目を見開いた。

「おまえが驚くのも無理はないな。俺自身、俊顕兄のことは煙たく思っていた。年の順からいけば、俊顕兄が嫡男でも少しもおかしくはない。だが、俺は兄を誤解していた。都かぶれだとばかり思っていたが、俊顕兄も北国の武士だ。おまえが出立する前、兄とは腹を割って話し合った。兄は中将に味方することが藤原のためだと信じていたが、俺はどうしてもあの男を信用する気になれなかった。いつかおまえをひどい目に遭わせるのではないかと思うと、心配でたまらなかったのだ」

「そうですね。わたしはすっかり騙されて……真親《さねちか》殿にとって、わたしは帝の血を引く者。人間ではなく、何かをもたらしてくれるものにすぎなかった」

「本当はおまえをひとりでは行かせたくなかったが、俺にも片付けておかねばならぬことがあった」

芳宮が首をひねると、鷹顕が長い指で鼻の先をちょいと押す。

「さっき言っただろう。俺は子持ちになった。とにかく手頃な餓鬼《がき》を捜すのに手間取って」

「そんな言い方！」

「取り繕っても同じことだ。とにかく子供を見つけて親父《おやじ》を納得させ、寛季《ひろすえ》を締め上げて、やっとおまえを追って北国を出たのだ。だが行列に追いつく前に、おまえが危ないと俊顕兄から知らせがあった」

「俊顕殿から？」

「ああ、おまえを救い出すのに一戦交えていいかと、下知を仰いできた。まったく、寺の糞坊主におまえを売りつけようだなどと。おまえを安全な場所まで運ぶのが先だと思い、さっきは見逃してやったが、今すぐ引き返して、あの男も寺も始末してくるか」

鷹顕は怒り心頭に発したといったように、がばっと身を起こす。

今にも本気で部屋を出ていくのかと、芳宮も慌てて寝床から起き上がった。

「ま、待って、鷹顕……あの者たちは放っておけばいい。鷹顕が行って手を下すことはない。きっとそのうち報いを受ける。それより今は、傍にいてほしい」

芳宮は懸命に鷹顕の腕を押さえて懇願した。

鷹顕はすかさず腕を伸ばして、芳宮を抱きしめる。

そうして、ふたりして再び粗末な寝床に倒れ込んだ。

「芳、こんな真似をしたこと、後悔するなよ？　おまえはやつれているし、今夜は我慢するかと思っていたが、そういうわけにもいかなくなった。覚悟はいいか？」

食い入るように見つめながら、不遜《ふそん》な言葉を吐く男に、芳宮はうっすらと頬を染めた。

「鷹顕……わたしも……抱いてほしか……ああっ」

最後まで言い終えないうちに鷹顕の手が乱暴に夜着をはだけてくる。

何もかも引き裂くように剝ぎ取られ、芳宮はあっという間に生まれたままの姿となった。

部屋の灯りはひとつだけ。でもすべてをさらされて、これ以上ないほどの羞恥が湧く。身を寄せているだけで身体中が熱くなっていた。堪えようもなく、形を変えてしまったものまで、しっかり鷹顕に見られている。

「俺を煽ったのはおまえだ。手加減などせんからな。離れていた間の分、それから俺の言うことを聞かなかった罰も含めて、存分に抱いてやる」

「そんな……」

芳宮は息をのんだ。

にやりと笑った鷹顕はまだ直垂を身につけたままだ。なのに自分ひとりが肌をさらしているのが恥ずかしい。

「芳」

熱っぽく名前を呼ばれ、ぞくりと身体が震える。

「好き……」

澄んだ双眸を見つめながらそっと囁くと、すっと広い胸に抱き寄せられる。

「俺もだ、芳宮。おまえが愛しい。子供の頃からずっとおまえだけを見ていた。もう二度と離すものか。この先、もしおまえが俺を嫌って逃げようとしても、絶対に離さんからな」

自分の望みも鷹顕の傍らにいること。

子供の頃からずっと鷹顕だけを見てきたのも同じだった。

「わたしだって離さない。鷹顕が逃げたら追いかけて捕まえる」

「まったく、なんて奴だ」

鷹顕はぼやくように言いながら、肩から喉元へと手を滑らせてくる。

「あっ」

敏感な部分に手指が触れ、びくりと反応すると、鷹顕は笑いながら再び抱きしめてくる。

唇に軽く口づけられて、それから耳朶をそっと口中に含まれる。

「んっ」

芳宮が背筋を震わせると、鷹顕は耳に直接熱い息を吹きかけるようにして囁く。

「芳、おまえは本当に可愛いな……俺を死ぬほど心配させた罰だ。今宵は泣き出すまでたっぷり可愛がってやろう」

「そんな……ひど……んっ」

皆まで言い終えぬうちに、再び口づけられる。

淫らに熱い舌を絡められ、歯列の裏も丁寧に嘗め廻された。根元から強く吸われた時には、もう口だけではなく身体中が痺れたようになった。

鷹顕は濃厚な口づけを続けながら、胸の尖りにも指を滑らせてくる。

勃ち上がった乳首をきゅっと指でつままれて、芳宮はびくりと背中をしならせた。

「んんっ、……ふっ、く……」

息苦しさに喘ぐと、鷹顕はようやく口づけをほどき、そのまま首筋に舌を這わせてくる。

耳の下の敏感な部分を嘗められ、そのあときつくそこを吸い上げられる。

以前もそこに印をつけられた。今はその時よりもっとそこが熱くなる。

「あっ……ふ……っ」

敏感な肌に舌を這わされるたびに、芳宮は甘い吐息をこぼした。

鷹顕の唇は徐々に下降して、胸の尖りを嘗められる。

先端に吐息を感じただけで、さざ波のように肌が粟立った。

尖り切った乳首に舌を這わされると、息が止まりそうなほどの快感に襲われる。

そのうえ熱い口中に乳首を含まれて、ちゅくりと吸い上げられると、もうそれだけで達してしまいそうになった。

「ああっ、やっ」

「芳は感じやすくていい身体をしている……胸を弄っただけでも達けそうだな」

「やだっ、そんな……嫌」

尖った先端を二本の指でくりくりと揉《も》み込まれ、芳宮は必死に首を振った。

自分の身体の反応がどうなるか、経験値の低い身では予測しようがない。

未知の感覚を次から次へと暴かれて怖くなるが、それでも身体が急速に熱くなっていく。

下半身にもたっぷり熱が溜《た》まり、花芯はすでに恥ずかしいほどにそそり勃っていた。

早くそこにも触れて可愛がってほしい。それからもっと他の場所にも愛撫が欲しい。

それなのに鷹顗は胸ばかり弄って焦らし続けている。

「もう嫌だ……っ」

芳宮は両手でしっかり鷹顗にしがみつき、ねだるように腰をよじった。

「高貴の生まれのくせしてはしたないぞ、芳」

にやりと笑われて、芳宮はかっと頬を染めた。

こんな時だけ生まれのことを持ち出すのは卑怯だ。

必死に首を振ると、鷹顗は仕方ないなといった感じで片眉を上げる。けれど次の瞬間には、我慢がきかなくなったように、芳宮に覆い被さってきた。

「ああっ……んっ」

大きな手で熱く張りつめたものを握られて、芳宮は熱い吐息をこぼした。

「もうこんなに濡らしていたのか」

「やっ」

芳宮のはしたなさを暴き立てるように、溢れた蜜を幹に擦りつけられる。

やわらかく揉まれると、身体中に快感の波が伝わった。同時に乳首の先端を吸い上げられると、びくっと大きく腰が揺れる。

何をされても恐ろしいほど感じてしまう。

それでも芳宮は両腕でしっかり鷹顕の首に縋りつきながら、その愛撫をすべて受け入れた。

花芯を弄《もてあそ》んでいた鷹顕の手が後ろへ廻り、双丘を軽くつかまれる。それから鷹顕の手はさらに滑って腿の内側にも差し込まれた。

ゆるゆる際どい場所を撫でられているうちに、芳宮は自然と大きく両足を開いてしまう。

「後ろからしてやる。うつ伏せになれ」

「嫌だ、それは恥ずかしい」

芳宮は首を振って拒否した。

「何を言う。獣のように後ろから繋がって死ぬほど感じたのをもう忘れたのか？　心配するな。俺のをしっかり咥え込めるように、指でもいっぱい可愛がってやるから」

鷹顕は含み笑うような声で、さらに恥ずかしいことを言う。

「やだ、そんな……っ」

いくら拒んでも無駄だった。

鷹顕の手で腰をつかまれ、くるりと簡単にうつ伏せにさせられてしまう。

「足を大きく開いて、もっと尻を上げてみろ」

次々と命じられ、芳宮はたまらず貌を伏せた。

鷹顕は開いた両足の間に身体を進め、掌でゆっくり双丘を撫で廻す。

なめらかな背中から長い黒髪も払われ、背骨に沿って舌も這わされた。

「……んっ」

さざ波のように途切れることなく疼きが湧き起こり、芳宮は弓なりに背を反らした。鷹顕がそこを覗き込んでいるので、恥ずかしい窄まりが剝き出しになっている。

足を大きく開かされているのだと思っただけで、かっと全身が熱くなった。

「おまえのここはほんとに慎ましやかだな。これで貪欲に俺のを咥え込むとは、信じられん」

ゆるゆると窄まりに指を這わされて、芳宮はぶるりと小刻みに身体を震わせた。

いくら恥ずかしいことを言われても、身体の芯が疼いてしまう。

だが次の瞬間、生温かな濡れた感触が窄まりに押しつけられる。

「あ、何……？」

芳宮はびくりとすくみ上がった。

ぬるりといやらしく蕾が嘗められている。

「いっ、嫌っ、そんなの……っ」

あまりの羞恥で前に逃げ出そうとするが、鷹顕にすぐ腰を引き戻されてしまう。

前よりさらに強く押しつけられた舌は、蕾の中にまで入ってこようとしている。

芳宮はがくがく震えながら訴えた。

「嫌だ……嫌あ……っ……もう、いい。それは嫌だっ」

どんなに拒んでも鷹顕は容赦なかった。熱い舌がとうとう中にまで侵入する。

恥ずかしくて死んでしまいそうだった。けれど、ねっとり嘗められていると、何故かそれを心地いいと感じてしまう。

「芳、ひくひく悦んでいるぞ」

唇を離した鷹顕は意地の悪いことを言いながら、舌の代わりに長い指を挿し込んできた。

蕩けきった場所は嬉しげにその硬い指をのみ込んでいく。

鷹顕は最初からためらいもなく芳宮が一番感じる場所を抉ってきた。

「ああっ！」

ひときわ高い声を放つと、鷹顕はさらに同じ場所を何度も刺激する。

「中が溶けそうに熱くなっているぞ。俺の指をひどく締めつけてくる」

「やっ、違う！　そんな……ああっ」

「芳、そういう時は可愛らしく、気持ちがいいと言うものだ。そら、中を弄るとこともしとどに濡れてくる」

鷹顕はそう言いつつ、張りつめた花芯も擦り始める。

「やっ」

懸命に首を振っても、指でくいっと弱みを押されると、先端からは本当に蜜が溢れてくる。

「どうだ、そろそろ指だけじゃ足りなくなったか？」

「違う……んっ、ふ……っ」

陥落を誘う言葉に、芳宮は泣きそうになった。

これでは指で嬲《なぶ》られただけで達してしまう。

鷹顕は意地悪で、吐精しそうになると、すぐに花芯の根元を締めつける。

翻弄された芳宮は狂ったようにかぶりを振った。

「ああっ、もう……もう、お願……っ」

「なんだ、芳？　どうしてほしい？　言ってみろ。好きなようにしてやるぞ」

指だけでは到底我慢できなかった。鷹顕の熱いもので身体中を埋め尽くしてほしい。

でもさすがにそれを口にするのは恥ずかしい。

「やだ、鷹顕……っ」

芳宮は甘えた声で言いながら、無意識に腰を振って催促した。

それだけでもまた新たな快感に襲われて、もう息をするのも苦しくなる。

「芳……どうした？　早く言わぬとずっとこのままだぞ」

「嫌っ、欲しい……い……入れて……っ」

「何をどうしろと？」

「鷹顕、の……早く……っ」

芳宮は恥ずかしさも忘れ、切れ切れに訴えた。

次の瞬間、後孔から乱暴に指が引き抜かれ、代わりに逞しい灼熱が擦りつけられる。

「あ……」

熱い感触に思わず甘い吐息をこぼすと、双丘をわしづかみにされた。

蕩けた蕾にずぶりと硬い先端が突き挿さり、芳宮は息をつく暇もなく一気に貫かれた。

「あっ……あああ……あ……」

嫌というほど敏感な壁を抉りながら、鷹顕の灼熱が最奥までねじ込まれる。

身体中を埋め尽くされた衝撃で、芳宮はあっけなく達していた。

勢いよく白濁を撒《ま》き散らしながら、ぎゅっと中の鷹顕を締めつける。

「芳……おまえほど愛しいと思った者は他にはおらん。ずっと俺のものだ」

「あ……鷹顕……」

信じられないほど奥深くまでひとつに繋がっていた。

背中からしっかり抱きしめられると、隙間などどこにもない。本当に身も心も溶け合ってひとつになったかのようだ。

「もっとゆっくり泣かせてやろうと思ったのに、もう我慢できん」

鷹顕は唸《うな》るような声を出しながら、いきなり楔《くさび》を引き抜いて芳宮の身体を表に返した。

足を深く曲げられて大きく開かされる。そして蕩けきった蕾に再び逞しい灼熱を突き挿された。

「ああっ！」

とたんに、頭の先まで快感が突き抜ける。

達したばかりの花芯は、それだけでまた高ぶった。

「ああっ、た、鷹顕、……もっと、もっと強く……抱いて……っ」

熱く喘いだ刹那、鷹顕は芳宮をきつく抱きしめ、いきなり激しく腰を使い始める。

最奥まで届かせたものをぐいっと引き抜かれ、また勢いよくねじ込まれた。

「あっ……ああっ……あっ」

突かれるたびに鷹顕と繋がっている部分が灼《や》けつくように熱くなる。

芳宮は自分からも淫らに腰を動かして、中に入れられた灼熱を貪った。

「芳、もっとだ」

「あ、ふっ……ああっ、あっ、あっ……」

鷹顕の動きがますます激しくなる。

大きく揺さぶられて、芳宮は懸命に鷹顕にしがみついた。

芳宮の腰を抱え込んだ鷹顕がひときわ強く最奥を抉る。

「くっ」

「ああああ―――っ」

熱い飛沫《しぶき》を大量に浴びせられ、芳宮は再び高く上りつめた。

愛しい男に縋りつき、存分に精を吐き出す。

解放の衝撃で頭を朦朧とさせながら、さらに力を込めてしがみつく。

「芳……おまえは俺のただひとりの伴侶だ。俺は生涯他の者と婚姻しない。だから、ずっと俺の傍にいろ。いいな」

「わたしも心からそう望んでいる。離さないで……ずっと傍に……」

「ああ、離すものか、絶対に……」

囁いた鷹顕にひときわ強く抱きしめられる。

芳宮は満足の吐息をこぼしながら、ふうっと意識を手放した。

†

翌朝のこと。

芳宮は温かな腕の中で幸せな目覚めを迎えた。

藤原の立派な屋敷とは違って、何もかも質素だが、鷹顕の腕の中で目を覚ますことができたのだ。

これ以上、何も望むことはなかった。

思わず満足の吐息をつくと、鷹顕が目を覚ましてしまう。

「ん、……芳、起きたのか?」

まだ眠そうな声に、芳宮は微笑んだ。

鷹顗には圧倒的な覇気があり、対峙《たいじ》する者を恐れさせることも多い。それなのに、こういったところはまるで子供のままだ。

「ごめんなさい。起こしてしまいましたか？」

「いいや、俺は最初から起きていた」

なんでもないことをむきになって言い張るところも、子供のようだ。

しかし、芳宮にはどちらの鷹顗も掛け替えのない大切な存在だった。

「でも、そろそろ起きたほうがいいですよね。この館の方に迷惑はかけられない」

「この屋の主は、些細《ささい》なことは気にすまい。なんなら、もう一度こってりと抱いてやってもいいが」

鷹顗は芳宮の肩を抱き寄せ、淫蕩《いんとう》な声で囁く。

いっぺんに頬を熱くした芳宮は、慌てて整った貌から目をそらした。

そして、それだけではまだ安心できないと、勢いをつけて半身を起こす。

「なんだ、つれない奴だな」

鷹顗はぼやくように言ったが、次の瞬間、芳宮はさらに真っ赤になった。

今まで気づかなかったが、何も身につけていない。生まれたままの姿で眠っていたらしい。

焦ってあたりに目をやると、敷物の傍に泥で汚れた夜着用の単がある。芳宮は鷹顗に背を向け、急いでそれに袖をとおした。

「そう急いで隠すことはないだろう」

鷹顕が笑いながら声をかけてくる。

「だって、もう朝ですから」

「昔のおまえは俺の言いなりで本当に可愛かったものだが」

「今のわたしでは駄目ですか？」

ふと不安になって問い返すと、すぐに鷹顕の腕が伸びて抱きしめられる。

「莫迦め、おまえはいつだって可愛い奴だ。今すぐおまえを抱いて、たっぷり泣かせてやりたいところだが」

「鷹顕……ごめんなさい。無理……」

芳宮は身体をよじり、逞しい胸に貌を埋《うず》めて謝った。

鷹顕の望みに応えたいが、体力が低下している今、昨夜のように抱かれれば、最後まで正気を保っていられる自信がない。

「案ずるな。こうしておまえを腕に抱いているだけでもいい。それより、これからどうする？寺の糞坊主どもにはしっかりお灸《きゅう》をすえてやるとしても、厄介なのは右大臣家だな。親父殿も俺も、まだ都とは事を構えたくないと思っている。しかし、あの真親だけは絶対に許せない。となれば、今すぐ寺に攻め入って始末してしまうほうがよいか」

物騒なことを言い始めた鷹顕に、芳宮はゆるく首を振った。

「いいのです。鷹顕はわたしのために怒ってくれているのでしょう？　でも、わたしは鷹顕が傍にいてくれれば、それでいい。もう真親殿のことなど、忘れてしまいたい」

「だがな、忘れてしまいたいと言っても、このまま北国に帰るのはなしだぞ」

「えっ、どうして……？」

思わず訊ね返した芳宮に、鷹顕はにやりとした笑みを浮かべる。

「せっかくここまで来たんだ。おまえを京に連れていく」

「でも、わたしはもう都に行かなくても……」

「いや、駄目だ。おまえはけじめをつける必要がある。ちゃんと宮中へ行って、引導を渡してくるんだ」

「どういう意味ですか？　引導とは誰に？」

問われたことの真意がわからず、芳宮はきょとんとなる。

鷹顕は、そんな芳宮をさも愛しげに再び胸に引き寄せた。

「芳、俺の伴侶はおまえだけだ。しかし、おまえが皇子のままでは具合が悪い。だから、おまえはただの芳になれ」

「ただの芳に？」

「そうだ、ただの藤原規仁《ふじわらののりひと》になって、一生俺の傍にいろ。俺はこの先、おまえ以外の誰とも婚姻を結ばない。おまえだけが俺の伴侶だ。だから、いいな？　俺と一緒に都へ行って、過去の自分と決別しろ」

芳宮は涙を溢れさせた。

何よりも嬉しい言葉に、胸がいっぱいになる。

鷹顕の傍らにあること。

それこそが自分の望みだ。

「ありがとう……嬉しい、鷹顕……っ」

芳宮は声を詰まらせながら、愛しい男の胸にその身を投げかけた。

終わりの章

芳宮規仁《かおるのみやのりひと》は束帯《そくたい》姿で平伏していた。

傍らには直衣を着て冠をつけた藤原鷹顕《ふじわらのたかあき》の姿もある。

前の畳座には、剃髪《ていはつ》されて法王となられた方が座しておられる。

齢《よわい》七十を過ぎて今なお朝廷に君臨する帝王は、小柄なただの老人に見えた。

「法王様には無事にご快癒なされた由《よし》、お喜び申し上げます」

「そちが芳宮か……亡き一宮《いちのみや》の忘れ形見と聞いたが、今まで貌を見せたことがなかったの」

「北国に身を寄せておりましたので」

「そうか……。で、そこに控えておるのは何者か？」

「北国にて、我が身を守ってくれた者にございます」

鷹顕は冠位を持っていない。本来ならば昇殿も許されぬ身分だ。しかし、今日は芳宮のたっての希望で、法王への拝謁《はいえつ》が叶ったのだ。

ここは法王が私的に使っている場だ。周りには左大臣をはじめとする重臣たちが眉をひそめて連なっているが、文句を言う者は誰もいなかった。

昔、罠にかけるようにして宮中から追いやった者の子供が姿を現した。しかもその子は、無冠ながらも絶大な力を有する北国藤原を従えている。

恐れをなしているのは芳宮ではなく、重臣たちのほうだった。

「して、今日はなんのためにまいった？　その者に冠位を与えようという催促か？」

法王はさして関心もなさそうに小さく呟く。

その時、不意に鷹顕が貌を上げた。

「恐れながら、冠位は無用にございます」

「そうか、いらんのか……」

そう呟いて、法王は得心がいかぬように首を傾げる。

「それなら、なんの用だ？」

「芳宮様を正式にいただきにまいりました」

「宮を貰うとな？」

「はっ、芳宮様は、これより藤原規仁と名乗りを変えられます。そのお許しをいただきたく、まかりこしました次第……」

鷹顕は張りのある声で告げ、再び頭を下げる。

周りでは皆が呆れたように息をのんでいた。莫迦者がなんの世迷《よま》い言《ごと》をと、ひそひそ囁き交わす者たちもいる。

だが、法王の口から漏れたのは、たったひと言だった。

「好きにせよ」

「はっ、ありがとうございます」

「お許しありがとうございます」

芳宮、否、藤原規仁となった芳は、鷹顕とともに丁寧に礼を述べた。

法王の関心はすでになく、脇息に凭れ眠そうにしている。

重臣たちは再び大仰なため息をつく。その中には憎々しげにこちらをにらむ真親《さねちか》の姿もあったが、芳宮にとってそれはもうどうでもいいことだった。

「さて、帰るか、芳」

「ええ、帰りましょう、北国に」

芳と鷹顕は晴れ晴れと貌を見合わせた。

京の都にもそろそろ白いものがちらつき始める頃だ。

北国はすでに一面の銀世界となっているだろう。

その美しい景色が脳裏を過《よ》ぎり、芳は淡い微笑を浮かべた。


――了――

あとがき

ルチル文庫さんでは三冊めになります【御曹司の婚姻】、お手に取っていただき、ありがとうございました。平安時代後期風のお話でしたが、いかがだったでしょうか。

明治大正ものは以前にも書いたことがありますが、平安時代はまったくの初めてです。イラストが緒田先生とのことで、以前から温めていたプロットを恐る恐る提出してみました。担当様からは一発でＯＫをいただいたのですが、さあ、それからが大変。資料は色々と取り揃えてみたものの、基本がなっちゃいないので、「有職故実って何？」をはじめとして、よくわからないことだらけ。早々に諦めるはめになってしまいました。高望みをせず、いつもどおりＢＬファンタジーで行くぞ、というわけで、平安時代後期風です。お目汚しの部分、多々あるとは思いますが、どうぞお許しください。

とはいえ、芳宮と鬼王丸の子供時代とか、かなりノリノリで書きました。やんちゃ坊主とあどけないお姫様の組み合わせ、大好きです。やっぱり王道ですね。

そして、緒田涼歌先生が素晴らしい絵をつけてくださいました。もう、ほんとにうっとりと眼福です。ありがとうございました。担当様、校正様も本当にお世話になりました。

最後になりましたが、読者様にも心よりの感謝を。【御曹司の婚姻】をお読みになって、少しでもファンタジーワールドで楽しんでいただけたら嬉しいです。

秋山みち花

✦初出　御曹司の婚姻……………書き下ろし

秋山みち花先生、緒田涼歌先生へのお便り、本作品に関するご意見、ご感想などは
〒151-0051 東京都渋谷区千駄ヶ谷 4-9-7
幻冬舎コミックス　ルチル文庫「御曹司の婚姻」係まで。

幻冬舎ルチル文庫

御曹司の婚姻

2013年2月20日　　第1刷発行

✦著者　秋山みち花　あきやま みちか

✦発行人　伊藤嘉彦

✦発行元　株式会社 幻冬舎コミックス
〒151-0051 東京都渋谷区千駄ヶ谷 4-9-7
電話 03(5411)6432[編集]

✦発売元　株式会社 幻冬舎
〒151-0051 東京都渋谷区千駄ヶ谷 4-9-7
電話 03(5411)6222[営業]
振替 00120-8-767643

✦印刷・製本所　中央精版印刷株式会社

✦検印廃止

万一、落丁乱丁のある場合は送料当社負担でお取替致します。幻冬舎宛にお送り下さい。本書の一部あるいは全部を無断で複写複製(デジタルデータ化も含みます)、放送、データ配信等をすることは、法律で認められた場合を除き、著作権の侵害となります。

定価はカバーに表示してあります。

©AKIYAMA MICHIKA, GENTOSHA COMICS 2013
ISBN978-4-344-82755-4　C0193　Printed in Japan

本作品はフィクションです。実在の人物・団体・事件などには関係ありません。

幻冬舎コミックスホームページ　http://www.gentosha-comics.net